TU CABEZA TIENE PRECIO
Marçal Aquino

Obra publicada com o apoio do Ministério da Cultura
do Brasil / Fundação Biblioteca Nacional

MINISTÉRIO DA CULTURA
Fundação BIBLIOTECA NACIONAL

Obra publicada con el Apoyo del Ministerio de Cultura
de Brasil / Fundación Biblioteca Nacional

Edición: Martín Solares
Imagen de portada: Manuel Monroy
Diseño de portada: Diego Álvarez y Roxana Deneb

TU CABEZA TIENE PRECIO

Título original: Cabeça a Prêmio

Traducción: Lourdes Hernández Fuentes

© 2003, Marçal Aquino, São Paulo: Cosac & Naify.

Publicado según acuerdo con Literarische Agentur Mertin Inh.
Nicole Witt e. K., Frankfurt am Main, Germany

D.R. © 2016, Editorial Océano de México, S. A. de C. V.
Eugenio Sue 55, Col. Chapultepec Polanco
Del. Miguel Hidalgo, C.P. 11560, México, D.F.
Tel. (55) 9178 5100 • info@oceano.com.mx

Primera edición: 2016

ISBN: 978-607-735-715-5

*Quedan rigurosamente prohibidas, sin la autorización
escrita del editor, bajo las sanciones establecidas en las leyes,
la reproducción parcial o total de esta obra por cualquier medio
o procedimiento, comprendidos la reprografía y el tratamiento
informático, y la distribución de ejemplares de ella mediante
alquiler o préstamo público. ¿Necesitas reproducir una parte de
esta obra? Solicita permiso en info@cempro.org.mx*

Impreso en México / Printed in Mexico

TU CABEZA TIENE PRECIO
Marçal Aquino

LA PUERTA NEGRA OCEANO

I WANNA BE ABLE TO MAKE WESTERNS
LIKE KUROSAWA DID.

SAM PECKINPAH [1925-1984]

1

Odiaba su nombre.

El tema le vino a la mente por el letrero que vio en la tienda de la adivina: *Gilda*. Estaba haciendo tiempo, husmeando el ambiente de la feria.

Gildo. Fue su padre quien eligió el nombre para homenajear a un jugador de futbol. Le guardaba rencor por eso. Y por otras cosas.

Cada vez que se presentaba sólo decía su apellido. Para todo mundo, él era *Brito*. A secas. La mayoría ignoraba que se llamaba Gildo. Mejor así. Sólo una vez le sucedió que alguien tratara de bromear con su nombre. Un mesero en Foz de Iguazú. Le dio dos tiros, uno en cada rodilla.

Corría el viento. De vez en cuando, una cortina de polvo rojo se levantaba del suelo, un polvo fino, que se pegaba a la piel, volvía reseca la garganta, hacía que los ojos ardieran. Te pintaba de rojo. Por eso era difícil encontrar a alguien que vistiera ropa blanca en ese lugar. Una rubia corría el riesgo de volverse pelirroja en una hora; pero ahí no había rubias. Las mujeres eran morenas de piel oscura o mulatas o negras. Las mujeres blancas tenían la piel percudida. Como la chaparrita con el vestido de flores que conversaba con Albano.

Se mantenían alejados para escapar de la luz del poste, y la chaparrita parecía divertirse mucho con las cosas que Albano le contaba. Brito estaba recargado en un tráiler, cerca de la tienda de la adivina. Sin embargo, él y Albano no dejaban de intercambiar miradas, alertas. Era un hábito.

Los hombres que circulaban por la feria no tenían gran ventaja sobre las mujeres. Parecían groseros, torpes e incómodos en el mundo. Incluso los más jóvenes.

A Brito no le gustaba la gente. La verdad. Lo cual facilitaba un poco su trabajo. Para él, un mundo perfecto sería aquel en que no hubiera necesidad de tener contacto con sus *iguales*, palabra con la que designaba a las personas a su alrededor.

A las mujeres las toleraba. Pero sus relaciones casi siempre terminaban en riñas. Se había enamorado una sola vez, concluía Brito, y había sido un desastre: de Marlene.

La adivina le leía la suerte a una pareja de adolescentes que reían a cada predicción, sin prestar mucho interés a lo que ella decía. Vivían la época de las rosas. A Brito le era familiar.

Había conocido a Marlene en una casa de citas de São Paulo. Se gustaron y resolvieron vivir juntos en un departamento antiguo y amplio ubicado en el centro. La ciudad se volvió la base de Brito, quien viajaba con frecuencia. Por la naturaleza de su trabajo, le daba igual vivir aquí o allá, siempre y cuando tuviera un teléfono a la mano y estuviera listo cuando lo llamaran. Y Brito siempre estaba dispuesto.

Marlene era una morena alta, huesuda, con ojos verdes medio rasgados y un toque de descaro en un rostro bonito. Ella desconocía la naturaleza del trabajo de Brito: no hacía preguntas.

A Brito le encantaba regresar de sus viajes porque sabía que Marlene lo extrañaba, igual que él a ella. Pasaban días enteros en la cama y sólo se levantaban para comer o para ir al baño. El resto del tiempo se les iba en ir al cine, a restaurantes o a pasear. En esa época, Brito llegó a engordar.

Notó que Albano tomaba por los brazos a la chaparrita sin dejar de hablar. La vieja táctica de dominar a la presa antes del salto. Albano era un tipo raro, que tenía la manía de incendiar cosas. A veces estaba conversando y de repente le prendía fuego a un papel o un pedazo de periódico y te lo echaba encima. Una broma estúpida. Aunque no fumaba, siempre traía cerillos o un encendedor en el bolsillo. La chaparrita no sabía con quién se estaba metiendo.

La pareja le pagó a la adivina y salió de la tienda abrazada. La mujer examinó a Brito antes de guardar el dinero en una cajita de madera.

¿No quieres saber tu futuro?

Él se volvió y analizó a la adivina. Vestía una blusa de tejido fino, que permitía ver la sombra oscura de los pezones. Aún era joven.

Puedo decirte cualquier cosa sobre tus negocios, la salud, el amor.

Brito no creía en eso. No era supersticioso, no leía el horóscopo y nunca rezaba. Creía que cuando las cosas debían suceder, no se ganaba nada luchando en contra. Una vez conoció a un hombre que se ponía la ropa interior al revés antes de cada trabajo, para tener suerte: Afranio. Murió en un accidente estúpido en el interior de Minas.

La adivina tomó las manos de Brito y dijo que eran fuertes: las de un hombre poderoso. Albano y la chaparrita continuaban entretenidos.

Huy, mira cómo es corta tu línea de la vida.

Brito rio mientras se comía con los ojos los senos de la mujer.

Una vida corta, pero agitada, dijo ella.

Un pequeño remolino de polvo se levantó cerca de ahí y la mujer clavó el índice en la palma de la mano izquierda de Brito.

Hay una mujer que piensa mucho en ti.

¿Cómo es ella?

Había malicia en la mirada de la adivina.

Rubia y bonita.

Eso sólo sería verdad si Marlene se hubiera pintado el cabello, pensó Brito. Pero no era posible, se vería ridícula, así que liberó su mano.

Gracias, no me interesa saber.

Ella miró para los lados y bajó la voz.

Tengo algo que te va a interesar.

La mujer apuntó hacia el interior del tráiler. Brito titubeó, pero ella entró y mantuvo la puerta abierta para que él pasara. A Brito le hizo gracia que la mujer le dijera que no debía tener miedo.

La luz era débil y el tráiler estaba atiborrado de trastes. Había un perfume dulzón en el aire, una cama en una de las esquinas y una muchachita acostada sobre ella. Usaba un short muy corto y un sostén, ambos rojos, y leía un cómic, que colocó a un lado cuando Brito entró. No tendría más de doce años.

La adivina se acercó a la cama y levantó el sostén de la niña. Los senos daban la impresión de haber brotado una semana antes.

Ella es muy cariñosa, dijo, te va a gustar, te lo garantizo.

Es muy joven.

¿No es lo que a ustedes les gusta?

La mujer soltó la tela del sostén, dejando al descubierto uno de los senos. La niña no pareció molestarse.

Está limpiecita, no te preocupes.

Brito dio un paso al frente y su peso hizo que rechinara la estructura metálica del tráiler; estiró el brazo y tocó el pezón de la mujer.

¿Y tú?

La mujer se hizo para atrás, y su rostro se puso serio.

Yo no puedo.

¿Por qué no?

Estaba tan cerca que podía oler cómo la mujer se alteraba. Ella movió la cabeza y miró por encima del hombro de Brito. Éste se volvió enseguida, y sólo entonces percibió al joven recostado en la esquina opuesta del tráiler. Era musculoso, el pelo cortado a cepillo, tenía un bastón de fierro en una de sus manos; su mirada era dura y confiada; su respiración emitía un chirrido fuerte, como si bufara. Brito se apartó lentamente, calculando cuántas posibilidades tenía de alcanzar el arma en la funda del tobillo: ninguna. No tendría tiempo: el golpe lo alcanzaría antes. La niña permanecía en la misma posición, con un miniseno de fuera, como si no pasara nada. Brito salió de espaldas del tráiler, sin perder de vista al muchacho. La mujer lo siguió hasta la puerta.

Es verdad lo que te dije de la joven. Está en tu mano. Ella siempre piensa en ti.

Él se alejó sin decir palabra. Todavía tuvo tiempo de escuchar a la mujer que gritaba:

Es morena.

Albano y la chaparrita habían desaparecido. Antes de dejar la feria, Brito observó por algún tiempo la casa del otro lado de la calle. La reja de hierro era alta y rodeaba el frente. Corredores de pasto llenos de polvo ladeaban los escalones de la entrada, los cuales terminaban en una amplia terraza. Un pequeño foco azul iluminaba la imagen de un santo en un nicho junto a la puerta. A pesar de las cortinas en el vitral de la sala, Brito conseguía ver la luz intermitente de la televisión. Él estaba ahí. Brito y Albano ya lo sabían, pero también sabían que siempre habría alguien despierto en la casa.

Hacía tres días que estaban en la ciudad y aún no contaban con un plan. Se limitaban a vigilar la casa. Brito no se preocupaba: al ser parte del comando, le tocaba a Albano decidir las acciones.

Una vez de regreso en el cuarto del hotel se quitó la ropa, se acostó en la cama y encendió la televisión.

Sólo había dos canales disponibles: la pantalla atravesada por rayas y una programación insoportable en el otro. Pero mantuvo la televisión encendida, y aumentó el volumen cuando Albano comenzó a gemir y la chaparrita a gritar en el cuarto contiguo. Las paredes eran finas, la pareja no.

A Brito no le gustaban las mujeres que gritaban en la cama. Le parecía vulgar, y siempre se quedaba con la impresión de que fingían. Con Marlene nunca le pasó eso: cuando estaban en la cama ella acostumbraba susurrar palabras incompletas en su oído. Antes de que el recuerdo de Marlene lo deprimiera, Brito se dedicó a pensar en el piloto. Había visto al hombre una única vez, en una fiesta. No llegaron a ser presentados. Parecía actor de telenovela: alto, fuerte, el rostro bonito, los ojos claros, el cabello largo preso en una cola de caballo. Las mujeres en la fiesta, incluso las casadas, cuchicheaban cada vez que él pasaba cerca de ellas. Brito conocía ese tipo de personas: aunque fingiese ser indiferente ante la impresión que causaba, simplemente estaba identificando el mejor blanco para un ataque.

La chaparrita gemía como una perra. Albano emitió un gruñido:

Caraaajo.

Cuando se calmaron, Brito apagó la televisión, pero tardó bastante en dormirse. Se quedó pensando en un montón de cosas. Una de ellas: ya no tenía motivo alguno para apresurarse en regresar a casa. Eso le pareció muy triste.

2

Si tuviera que describir un día perfecto, seguramente Carlitos Seixas mencionaría aquel martes.

Por la mañana, el dueño de la mayor concesionaria de autos y de dos supermercados de la ciudad había pasado por la estación de radio. Asunto: la compra de espacio publicitario. Era el tercer empresario importante que Carlitos le robaba a la competencia en menos de quince días. Su estación de radio dominaba la audiencia en la región.

El hombre salió después de cerrar un contrato por seis meses. Contrariando su fama de tacaño, el locutor incluso le dio un descuento. Uno pequeño.

Del mediodía a la una, hora en que coordinaba un programa de variedades en vivo, los teléfonos de la radio se congestionaban por las llamadas de los oyentes. El pueblo, pensó Carlitos, carajo, era el pueblo apoyando la cruzada que él promovía contra el delegado de la ciudad. A Carlitos le habían informado que el político planeaba postularse para diputado, y en cuanto lo supo inició una agresiva campaña de denuncias por la radio. Fue un gran éxito.

Después del programa, como todos los días desde que había enviudado, fue hasta la cantina Génova, donde se reunían los opositores al delegado. Algunos de los clientes lo saludaron y elogiaron su campaña. Aquél era un momento glorioso en su vida.

Carlitos Seixas tenía 71 años. Contaba con buena salud, algo de dinero y motivos de sobra para estar feliz: acababa de descubrir el poder del Viagra.

Almorzó con el concejal, quien le dio información de grueso calibre que podía usar en contra del delegado; recibió nuevo material para las denuncias y documentos abrumadores. Era él quien iba a repartir las cartas. Pero el día mejoró aún más: el concejal corrió con los gastos de la comida.

El día seguía siendo perfecto cuando regresó a la radio. En la recepción, una muchacha bronceada, de minifalda y enormes muslos, se levantó del sofá y le dijo que quería hablar con él. Carlitos la recibió en su oficina.

Flavia era gaucha, de veintiún años (parecía más joven, registró el dato), recién egresada de la escuela de periodismo. Le presentó su currículum, le explicó que le interesaba trabajar en la radio.

De entrada, Carlitos le dijo a Flavia que tenía una voz buenísima, aunque su marcado acento estorbara un poco. No se preocupó en disimular y todo el tiempo mantuvo la mirada en sus muslos, en algún momento ella tendría que descruzar esas piernas. Le dijo que tal vez podría invitarla a hacer ahí su servicio social durante un corto periodo. Así, Flavia tendría tiempo para corregir su acento. Bastaba con recibir el entrenamiento adecuado, aseguró, con el aval que le daba su experiencia como veterano de la radio. Entonces desvió la conversación hacia otros temas más divertidos.

Carlitos Seixas necesitó sólo veinte minutos para convencerla de que cenara con él esa noche. Aun así, prolongó la charla durante casi dos horas. Flavia era inteligente y tenía sentido del humor. Era linda. Carlitos podría pasar el resto del día sentado ahí, con los ojos fijos en ella.

Flavia cruzó las piernas varias veces. En la última, él pensó: es un día perfecto, no me hace falta nada más.

Sin embargo el locutor se engañaba: había más, como descubrió al final del día. Lleno de ansiedad, Carlitos resolvió apresuradamente sus asuntos pendientes en la estación. No veía la hora de ir a casa, tomar un baño, perfumarse y prepararse para el encuentro. Entonces el teléfono timbró sobre su mesa.

La voz masculina sonaba metálica y limpia. Este hombre sería un buen locutor, pensó Carlitos, tan pronto comenzaron a conversar. El hombre era educado y objetivo: dijo que tenía un negocio importante que tratar con él y le preguntó si podía pasar por la radio.

Carlitos miró el reloj en la pared y suspiró afligido.

¿Es urgente?

Sí.

¿No puede venir mañana temprano?

No. Tiene que ser hoy —le dijo el hombre.

¿De qué se trata?

No puedo decírselo por teléfono.

El locutor consultó su reloj una vez más y consideró la hipótesis de mandar al tipo a la mierda y colgarle. No iba a cancelar su encuentro. Ni jodiendo.

¿De verdad no puedes decirme de qué se trata?

No puedo. Es confidencial.

Carlitos pensó en su cruzada de denuncias.

¿Tiene que ver con el delegado?

Tal vez.

Carlitos sonrió. Acostumbraba guiarse por su intuición.

Vamos a hacer lo siguiente: tengo un compromiso hoy en la noche y no quiero faltar. ¿Puedes pasar aquí, por la radio, más o menos a la medianoche?

Sí.

Perfecto. Aquí voy a estar de cualquier forma. Soy quien cierra la radio cuando termina la transmisión.

El hombre le dio las gracias y colgó.

El locutor se estiró y echó hacia atrás el respaldo de su silla hasta tocar la pared con la espalda. Necesitaba comprar un billete de lotería al día siguiente. Quería aprovechar esa racha de suerte. Encendió el cuarto cigarro de los siete que pensaba fumar en ese día perfecto. Algo muy grande estaba en camino, podía presentirlo. Si su intuición no fallaba —¿y por qué iba a fallarle justo ahora?—, en breve tendría material de grueso calibre para darle el tiro de gracia al delegado. Trabajando con cuidado, hasta podría derrumbarlo.

Carlitos Seixas cerró los ojos y pensó en Flavia. En el olor de su cabello, que aspiró cuando ella se despidió con dos besitos en su rostro. Sintió calor en las ingles. Quién diría, pensó, que era el mismo hombre que dos años antes se juzgaba acabado; el que perdió a su mujer. No tenía hijos, planes ni ambiciones. Creía que avanzaba hacia el fin y aceptó su destino de forma pasiva. A veces salía con algunas mujeres, y llegó a contratar los servicios de ciertas profesionales. Pero después de dos ocasiones en que no consiguió funcionar, hasta esa costumbre abandonó. No valía la pena pasar tanta vergüenza.

Y, de repente, todo cambió. Volvió a la vida. Renacía.

Antes de ir a casa, Carlitos probó el sistema de grabación instalado bajo la tapa de la mesa y colocó una cinta virgen en el equipo. Tenía la costumbre de grabar las conversaciones que se daban en esa sala sin que los visitantes lo supieran. Así había registrado material de grueso calibre.

En la cena, comió poco y bebió sólo una copa de vino. Flavia se encargó del resto de la botella y se bebió la segunda. A él le gustó verla. Eso facilitaba las cosas. Ella estaba parlanchina y sonrojada: parecía una diosa.

Más tarde, en cuanto entraron a la casa de Carlitos, Flavia se quitó las sandalias –él no conseguía creer que estaba a punto de besar esos pies– y le preguntó si podía darse un toque. Carlitos dijo que él no la acompañaría pero que se sintiera en su casa. Y añadió que no le importaba, pues era un viejo liberal.

Ella se estiró en el sofá y habló con dificultad, mientras retenía el humo en los pulmones.

Tú no eres tan viejo.

Carlitos miraba el ombligo que la blusa corta dejaba expuesto. Estaba hipnotizado.

¿De verdad lo crees?

Flavia dijo que sí. Después se rio y se atragantó con el humo de la marihuana, tuvo una crisis de tos.

Vestía un pantalón apretado y Carlitos podía ver los contornos de su calzoncillo. Era minúsculo. Consultó su reloj: quería saber la hora exacta para recordar ese momento en el futuro. Faltaban dos minutos para que dieran las diez de la noche.

El locutor lamentó haber apagado la luz del cuarto. Le encantaría ver a Flavia sin ropa, pero no le gustaba mirar su propio cuerpo. Le parecía obsceno que hubiera tantas cosas moviéndose flácidamente. Se sentó en la cama para quitarse los calcetines y tuvo que contentarse con la silueta que se desvestía frente a él.

Cuando Flavia estuvo desnuda, él le pidió que se levantara y se arrodilló. Carlitos la agarró por los cabellos e hizo un gran esfuerzo por mantenerse en pie. A la hora en que el vértigo se volvió insoportable, se derrumbó.

Cuando terminaron, salió de la cama de inmediato. No quería llegar tarde. Se vistió con la misma ropa y, al pasar por la sala, vio la bolsa de Flavia sobre el sofá. Una idea arañó su cerebro de repente. Al principio, tenue; después, amenazadora.

Todo era una trampa.

Al abrir la bolsa, sus manos temblaban un poco, pero encontró la cartera y verificó la edad en la identificación. Entonces soltó el aire que reprimía en los pulmones. Ella no había mentido: tenía veintiún años cumplidos. Carlitos no pudo resistirse: regresó al cuarto y encendió la luz. Flavia dormía de bruces con el cuerpo atravesado en la cama. En aquel momento había conquistado la plaza de asistente en la radio, cargo que, por cierto, acababa de crear.

Carlitos Seixas abandonó su casa de mal humor. Deseaba quedarse recostado junto al cuerpo de Flavia. Por eso, de camino a la estación, maldijo varias veces al hombre de voz metálica. Si lo que tenía que decirle no valía la pena, planeaba despedirlo al instante. Pero la alarma de su intuición continuaba sonando, y el locutor conseguía adivinar lo que iba a suceder. El hombre de voz metálica era un emisario del delegado. Ya verían de lo que él era capaz: Carlitos Seixas era malo. Un demonio. El satanás de Apucarana.

A la medianoche en punto, la radio tocó el Himno Nacional e interrumpió la programación. Poco después, la locutora nocturna y el técnico se despidieron y se fueron a sus casas. Carlitos permaneció sentado en su oficina, fumando el último cigarro de aquel martes perfecto –la verdad, ya era el primer cigarro del miércoles. De vez en cuando, colocaba los dedos cerca de la nariz y recuperaba el olor del vértigo: Flavia.

Doce minutos después, escuchó el timbre. Un toque breve. Carlitos accionó el equipo de grabación. Sus pasos, al salir de su oficina para recibir al visitante, quedaron registrados en la cinta.

El hombre de voz metálica usaba anteojos de aro grueso, vestía buenas ropas y cargaba un portafolios de ejecutivo.

Bingo, pensó Carlitos. Un abogado. Y trae billetes.

Se dieron la mano. El hombre dijo que era un placer, pero no reveló su nombre ni Carlitos se lo preguntó. Conocía bien los pasos de aquel juego.

Lo guio a su oficina. El hombre se sentó con el portafolios sobre sus piernas y los brazos apoyados sobre él. El locutor ocupó un lugar y comprendió que estaba muy cansado. Pero era un cansancio agradable. También estaba un poco impaciente.

Muy bien, usted dijo que iba a proponerme un negocio interesante...

El hombre miró a su alrededor y después examinó a Carlitos, sin decir palabra. Lucía tenso.

Hable sin miedo, dijo el locutor. No hay nadie más que nosotros dos.

El hombre seguía sin moverse, observando el ambiente. A Carlitos se le heló la sangre: el hijo de la chingada tenía cara de listo, ¿sospecharía que lo estaba grabando? Resolvió avanzar una casilla.

Yo sé por qué estás aquí.

Las cejas del hombre se levantaron.

¿Sí?

Carlitos se rio.

Sí. Sólo falta descubrir qué es lo que me vas a dar.

Entonces fue el hombre quien rio. Una risa rápida, que no llegó a eliminar la tensión en su rostro. Carlitos abrió los brazos.

Déjate de rodeos. Nadie se va a enterar de nada. ¿Cuánto traes en el portafolios?

El hombre accionó los cerrojos y abrió el maletín. El locutor sonrió, victorioso. Se iba a coger a todo el mundo. Aún sonreía cuando el hombre levantó el revólver.

El delegado pasó por el velorio de Carlitos Seixas el miércoles al atardecer. Hizo guardia junto al ataúd, con la cabeza baja, como si rezara. El rostro del locutor se veía sereno e intacto. Parecía que dormía.
La información que le dieron al delegado indicaba que fueron dos tiros. Saludó a los parientes y conocidos, uno por uno, mirándolos con firmeza a los ojos. Había un rumor, el delegado lo sabía, porque las pláticas se interrumpían a su paso. Pero él estaba tranquilo: Carlitos tenía muchos enemigos.
Del velorio, el delegado y sus asesores fueron directamente al rancho de un aliado político en los alrededores de la ciudad. Desde la carretera, ya era posible sentir el olor de la carne. Eso lo regocijó, no había nada mejor que una buena carne asada.
Los hombres y las mujeres que estaban en el rancho bebieron hasta la madrugada. Celebraban. Hubo un alegre tumulto en el momento en que alguien propuso que el delegado diese el nombre de Carlitos Seixas a una calle de la ciudad. Él levantó su copa.
Buena idea. Voy a mandar investigar si existe algún callejón sin nombre por ahí.
Todos se rieron con ganas.

Cuando apareció la policía en casa del locutor, Flavia todavía estaba durmiendo. Acababa de clarear minutos antes, el encargado de abrir la estación había encontrado el cadáver de Carlitos. Confusa, Flavia tardó en entender dónde estaba y qué estaba pasando. Se llevó un susto al ver a los policías y le costó que creyeran su versión de lo ocurrido. Finalmente, la soltaron. Y perdió su puesto de asistente.

Lo cual fue una injusticia, sobre todo si tomamos en cuenta que el nombre de la muchacha fue la última palabra pronunciada por Carlitos Seixas, de acuerdo con la grabación encontrada tres días después. En la cinta, el interlocutor del hombre de la radio habló una única vez y la policía no consiguió identificarlo. Tenía una voz metálica.

El primer tiro alcanzó a Carlitos en el pecho. El susto y el impacto, una fracción de segundo después, lo hicieron caer de la silla.

Era de grueso calibre.

El locutor vio las piernas del hombre dar la vuelta a la mesa y levantó la mirada. Un rostro sin ninguna expresión. Un rostro metálico, casi tanto como su voz. Carlitos levantó un brazo, quiso decir que no era justo, no en ese momento. Pero sólo tuvo fuerzas para murmurar: *Flavia*. Ya estaba muerto cuando recibió el segundo disparo.

El tirador se mantuvo inmóvil durante algunos segundos, atento a los ruidos. Entonces, siempre con movimientos rápidos, guardó el revólver y cerró el portafolios. Antes de salir de la sala, miró el cadáver en el piso, la mancha de sangre en la camisa crecía lentamente. Era el primer hombre que mataba.

Bajó por la calle en dirección de la plaza, donde había dejado el auto estacionado. Caminaba tranquilo, sin prisa, como alguien que regresa tarde del trabajo.

La panadería de la esquina tenía la puerta de metal semiabierta. Enfrente, dos muchachos de chaleco azul y pantalones arremangados lavaban la calzada. Uno de ellos silbaba. No lo vieron pasar.

Colocó el portafolios en la cajuela del auto y observó la plaza desierta. Había nacido en una ciudad parecida a ésa. No sentía nostalgia. Nunca la visitaba, a pesar de que, hasta donde sabía, su padre seguía vivo.

Se metió en el auto y manejó despacio por las calles estrechas y muy limpias. Había hecho el trabajo sin problemas y eso lo dejó satisfecho. Un trabajo como cualquier otro, de acuerdo con lo que Miro le había explicado cuando lo contrató. Se acordaba de la frase:

Ya lo verás, Brito, hasta te va a gustar.

Respecto a ese punto, Miro se había equivocado. No le gustó.

3

¿Qué le dijiste?

Brito señaló a la chaparrita con el pulgar. Ella se había quedado en el auto, escuchando la radio a todo volumen, con las puertas de adelante abiertas.

Que andamos viendo ganado para comprar en la región.

Albano y Brito estaban parados en una elevación del terreno. Al frente de los dos, la plantación de tabaco se extendía por una vasta planicie. Al fondo, las montañas parecían azuladas a causa de la distancia.

Hasta ahora no vi ni siquiera un buey por aquí.

Albano hizo un gesto de desdén.

Relájate, ella no desconfía. Sólo está interesada en mi chile.

Brito se agachó, agarró un pedazo de palo y picoteó un hormiguero. Le molestaba la presencia de la mujer, pero sabía que no podía hacer nada. Era Albano el que decidía. Las hormigas eran rojas y se agitaban sin rumbo por la tierra revuelta. Si algo salía mal, también Brito se iba a joder. Preguntó sin mirar a Albano:

¿Ya pensaste cómo lo vamos a hacer?

Albano se agachó y trató, sin grandes resultados, de quemar a las hormigas con el encendedor.

Todavía no. ¿Tienes alguna idea?

Brito dejó en paz el hormiguero y se puso de pie al tiempo que arrojaba a lo lejos el pedazo de palo, para evitar que a Albano se le ocurriera encenderlo y usarlo como un tizón contra las hormigas.

No.

¿Lo ves? Parece que va a ser complicado.

Aquella mañana, cuando Brito llegó al restaurante del hotel para desayunar, Albano y la chaparrita ya ocupaban una de las mesas. Los dos tenían el cabello mojado, y uno colocaba cosas en la boca del otro. Como una pareja en luna de miel. Consideró sentarse en otra mesa, solo, pero Albano lo llamó y le presentó a la mujer: Odete.

Ella había nacido en esa ciudad y nunca había salido de ahí. Estaba separada, no tenía hijos y sólo trabajaba por las tardes. En un salón de belleza, a pesar de ser tan fea. Brito rio por la ironía.

El avión, un monomotor amarillo, surgió de repente en el cielo sin nubes. Albano se levantó y pasó el pie por el hormiguero. El ronquido del motor tardó en llegar hasta donde se encontraban.

Albano había comprado un sombrero el día anterior. Vestía una camisa de cuadros, jeans y un cinturón de hebilla grande. Él y sus disfraces. A Brito le pareció que podían confundirlo más con un vaquero novato de rodeo que con un comprador de ganado, pero no comentó nada.

Odete quiere presentarte a una amiga. ¿Te interesa?

Brito no le contestó. Observaba el monomotor, que volaba bajo y comenzaba a rociar la plantación.

¿Qué te parece si salimos hoy por la noche, los cuatro? –preguntó Albano．

Las mujeres de esta ciudad son muy decadentes.

Albano miró en dirección al auto. Odete cantaba feliz de la vida.

Es cierto. Pero tendrías que ver cómo le gusta coger a esa chaparrita.

Oye, Albano, no sé si estoy interesado en conocer a su amiga.

Como quieras.

Al llegar al final de cada parcela de plantación, el monomotor ganaba altura y realizaba una atrevida maniobra para regresar. Casi un *looping*. Brito dedujo que estaba exhibiéndose para alguien en tierra.

Piénsalo bien, Brito: podríamos pasar un buen rato aquí. Por lo menos vas a tener compañía.

El viento le trajo el olor del pesticida. La nariz comenzó a arderle a Brito.

Vámonos de aquí, Albano.

Entraron en el auto y retomaron la carretera. Odete comentó que le había encantado el paseo. Albano le pidió que bajara el volumen del radio y se volvió para hablar con Brito, que iba en el asiento de atrás.

Hoy mismo llamo al hombre: quiero darle un panorama de la situación.

El hombre era Valdomiro Menezes.

Mejor conocido como *Miro*. Un animal de gran porte. Brito lo había visto por primera vez tres años antes. Pesaba más de 150 kilos. Un tipo tranquilo, bonachón, casi bovino. Hasta que algo lo sacaba de sus casillas.

Existían dos maneras de lidiar con él, en caso de que enfureciera. La primera era huir muy lejos, cambiarse el nombre, mudarse de país; la segunda, tener un arma en la mano. De preferencia, una bazuca.

Tenía un hermano, Abilio, que era su opuesto. Delgado, siempre tenso, un manojo de nervios. Cuando se exaltaba, a veces, era un verdadero desquiciado. Un solterón. Decían que era puto. Una de esas veces apaleó a una muchacha en un hotel de Porto Velho. Brito estaba con él. Pensó en intervenir, pero en el caso de Abilio eso era imposible.

Los hermanos Menezes.

Los dos eran terribles cuando perdían el control. Lo que sucedía con cierta facilidad.

Existía un tercer Menezes, Nicanor, al que Brito no llegó a conocer. Ya había muerto cuando comenzó a trabajar para Miro y Abilio. Corría el rumor, difícil de ser confirmado, de que los dos habían tramado la muerte de su propio hermano.

Cuando comenzaron, los Menezes eran hacendados y contrabandistas. Más tarde le entraron al polvo y, en los últimos años, a las armas. Un imperio que dirigían desde su hacienda en la región de Aripuaná.

Cierta noche en que Brito estaba en un cabaret, sin nada mejor que hacer, en Campo Grande, apareció

Albano. Habían trabajado juntos en la policía, pero no se veían desde la época en que expulsaron a Brito por extorsión. Albano fue al punto:
 Quiero que conozcas a los que están en la mesa conmigo.
 Eran los Menezes.

Albano estacionó el auto frente al salón de belleza, bajó y abrió la puerta para Odete. Sus compañeras interrumpieron el trabajo y se amontonaron en el ventanal para espiarla. Brito se pasó al asiento de adelante y observó a Albano inclinarse para besar a la mujer. Vaya que tiene huevos, pensó.
 Cuando regresó al auto, Albano reía.
 Le dije a Odete que trajera a su amiga en la noche.
 No estoy seguro, ya te había dicho.
 Albano le dio un puñetazo al volante.
 Piensa con la verga, Brito. Cualquier coño es igual.

4

El piloto se llamaba Denis. Era de Vilhena y había trabajado durante mucho tiempo para los mineros, mientras esperaba una oportunidad en las grandes compañías de aviación comercial, lo cual nunca sucedió. Para él, eso era como un segundo fracaso: de joven, había soñado en jugar futbol –llegó a entrenar con el equipo juvenil del Sport Recife. Fue ahí donde se reventó la rodilla y cambió de rumbo.

Iba a cumplir treinta años; ganaba bien con los Menezes, pero no era feliz. Esperaba la llegada de un gran cambio, creía que la vida se lo debía. Sus viajes implicaban riesgos pero le gustaba correrlos. A veces, sin embargo, pasaba semanas confinado en la hacienda, a disposición de los hermanos. En el tedio. Denis necesitaba conocer nuevos aires, nuevas personas. Sobre todo, nuevas mujeres.

El piloto circulaba tranquilamente en la fiesta que los Menezes daban para recibir a un capo de Cali. Una fiesta elegante –con buffet, meseros y músicos de Porto Velho– y muy ruidosa. Era una noche de lluvia pero no llegaba a molestar: una inmensa lona azul protegía el área donde las personas se aglomeraban en torno a las mesas y a la improvisada pista de baile. Hacía mucho calor.

Las mujeres se habían esmerado en usar sus mejores vestidos, en sus peinados, en las joyas y el maquillaje. Buena parte de los hombres vestía traje. Hasta el propio Miro vestía un saco apretado, del color de una rata ceniza.

Él y Abilio conversaban con el colombiano en una de las mesas. El individuo era de piel morena, ojos rasgados y cabellos lisos. Imberbe. Casi un indio. Parecía inofensivo, pero su ficha en la Interpol lo clasificaba como un asesino cruel y un hombre en ascenso en el cártel de Cali.

La rubia a su lado atrajo los ojos del piloto. Un monumento oxigenado. Denis había oído decir que había sido miss Bogotá y ahora era un éxito como cantante pop. Era imposible dejar de ver el escote de su vestido ajustado y brillante. Y estaba claro que a ella le hacía muy feliz que los hombres la miraran.

Un mesero circulaba cerca del piloto y éste pidió un whisky. Entonces notó a un grupo de hombres reunido en una de las esquinas, todos de traje y corbata. La comitiva del capo de Cali. Denis conocía a uno de ellos: Porfirio. Ya se habían encontrado varias veces en Piso Firme, un poblado del lado boliviano, que funcionaba como depósito de drogas. El piloto lo saludó con un gesto y levantó su vaso. Porfirio hizo lo mismo.

Denis pasó junto a la pista de baile sin mirar a ninguna de las mujeres, haciéndose el difícil. Casi siempre le funcionaba. Entró a la casa, pasó entre el tumulto de meseros de la cocina y llegó al corredor que llevaba a los baños. Una vez frente al espejo, se arregló el cuello de la camisa y ajustó el nudo de su cola de caballo. Enseguida aspiró dos líneas y regresó a la fiesta.

El cantante mencionó que contaban con la presencia de alguien muy especial entre ellos e invitó a la exmiss Bogotá a deleitarlos con alguno de sus éxitos. Denis se recargó en uno de los postes que sostenían la lona y vio a la rubia resistirse un poquito. Dijo que no venía preparada para ello, pero fingía. No tardó en levantarse de la mesa, en medio de silbidos, gritos y aplausos.

El piloto también aplaudió la oportunidad de ver a aquella Madonna de los trópicos en movimiento. Su trasero era descomunal. Denis percibió que las mujeres la miraban con una mezcla de odio y envidia. También, en algunos casos, con deseo.

La rubia se puso de acuerdo con los músicos y comenzó su *show*. Cantaba afinado, pero su repertorio era pavoroso. Ritmos caribeños mezclados con letras de doble sentido. Canciones para cornudos felices, en opinión del piloto.

Cuando la cantante acabó su presentación, Denis tomaba el tercer whisky de la noche. Pensaba en irse, al día siguiente tendría que volar con los Menezes y su invitado, y aún no le habían indicado el destino. Fue en ese instante que Elaine entró en la fiesta. Aun sabiendo que no debía hacerlo, el piloto no consiguió quitarle los ojos de encima, mientras ella caminaba hacia la mesa de Miro.

Elaine estaba deslumbrante, con un vestido negro de tirantes, que mostraba sus hombros bronceados, resultado de una temporada en Río de Janeiro. Le concedió una mirada al piloto a su paso. A Denis lo que más le atraía era el peligro, creía que sólo así las cosas valían la pena.

Miro la presentó a los invitados con una sonrisa de oreja a oreja. Estaba orgulloso de su belleza. El colombiano hizo una pequeña reverencia y besó la mano de Elaine. La rubia se limitó a regalarle una sonrisa forzada y él la examinó como buscándole defectos. No los encontró. Entonces ella miró hacia su propio escote y se mostró satisfecha con lo que vio. Vaya gemelas, pensó el piloto.

Se detuvo en un lugar estratégico al borde de la pista de baile, desde el cual podía observar a las mujeres de la mesa sin ser visto por los hombres. Se entretuvo con la cuarta dosis de whisky mientras fingía interés en las personas que bailaban. Los músicos tocaban una selección de boleros clásicos.

Miro contaba chistes que provocaban grandes carcajadas entre los que estaban a su alrededor. Tenía talento para eso. Hasta el propio Abilio parecía divertirse. La exmiss daba palmadas en la mesa cuando reía. La mirada de Denis se cruzó algunas veces con la de Elaine, pero el piloto no estaba seguro de que ella estuviera en la misma sintonía. Terminó su bebida y resolvió dejar la fiesta.

Lloviznaba. El camino de losetas que llevaba a los alojamientos de los empleados estaba resbaladizo. Las suelas de sus mocasines italianos no le ayudaban en nada, por lo que debía caminar con cuidado. Las macetas con madreselvas exhalaban un perfume agradable, que casi encubría el olor a mierda de caballo. El establo no quedaba muy lejos de los alojamientos.

Denis entró en su cuarto, se quitó la camisa, encendió la lámpara y se acostó en la cama. El ruido de la fiesta llegaba fragmentado a causa del viento.

El piloto sabía lo que significaba la visita del colombiano: los hermanos Menezes estaban ampliando sus rutas de distribución y necesitaban más nieve. Lo cual quería decir que él iba a viajar con más frecuencia en los próximos meses, lo cual no era nada malo.

Escuchó los pasos sobre la grava frente a los alojamientos. Al principio pensó que era la lluvia que de nuevo caía con más fuerza, pero después se dio cuenta de que alguien estaba afuera de su cuarto. Se levantó y abrió la puerta, con lo cual asustó a Elaine. (O ella fingió que se había asustado.)

¿Te cansó la fiesta?

Denis vio las gotas de lluvia brillando en sus hombros.

No tenía nada que hacer allá –respondió.

Ella cruzó las manos sobre su pecho.

¿No te gustó la rubia?

Se refería a la exmiss Bogotá. El trasero más grande de la fiesta, fácil, fácil. Ni Miro estaba a la altura de ella.

Ella es medio... ¿Cómo decirte?
Obvia.
Exacto, obvia. Pero interesante.
Elaine sonrió, y se acercó balanceando el cuerpo. Su olor alcanzó al piloto. Un aroma de ensueño.
¿Más que yo?
Denis extendió la mano hasta el hombro de Elaine y tocó una gota de lluvia. Antes de retirar la mano, desató uno de los tirantes del vestido. La tela se deslizó. El seno que vio era un poco más grande que una pera. Denis la jaló hacia dentro del cuarto.
En el futuro, cuando hablase de aquella noche, lo correcto sería decir que fue devorado por Elaine. Porque fue eso lo que sucedió.
Él se quedó en la cama mientras ella se vestía y se arreglaba los cabellos delante del espejo del baño. Elaine se dio cuenta de que Denis la observaba.
Hacía rato que quería hacer esto –dijo ella.
Yo también.
Fue todo lo que se le ocurrió decir. Elaine terminó de arreglarse y regresó al cuarto. Se sentó en la cama para ponerse las sandalias. Parecía no tener prisa.
¿No tienes miedo de que perciban tu ausencia en la fiesta?
No se darán cuenta. Cuando salí, se habían encerrado en la oficina con el colombiano. Iban a hablar de negocios.
Elaine besó a Denis por última vez y se levantó. Habría salido del cuarto si él no hubiera saltado de la cama a tiempo para detenerla.

—Cuidado. Déjame ver si hay gente por ahí.

Espió por una rendija de la puerta. La lluvia se había detenido por completo. Elaine lo abrazó por detrás y pegó su cuerpo al de él.

—No te preocupes. Todo el mundo está viendo a aquella fulana bailar. Hasta las mujeres.

Denis no consiguió reírse. Estaba preocupado.

—¿Ya pensaste qué hacer si Miro se entera de esto?

Elaine hizo que se volteara hacia ella y lo vio a los ojos.

—Yo creo que no tiene por qué saberlo. ¿Tú qué crees?

El viento que entraba por la rendija de la puerta provocó un escalofrío en el cuerpo desnudo del piloto.

—Estoy de acuerdo.

—La próxima vez podemos encontrarnos lejos de aquí...

La próxima vez, pensó Denis, y respondió:

—Está bien.

Elaine salió del cuarto y regresó a la fiesta.

El piloto se acostó, puso el despertador del radio-reloj y se quedó meditando. Ése era el problema de personas como él: pensar que una cosa era mucho mejor si incluía grandes riesgos.

Trató de imaginar cómo reaccionaría el gran Miro si los descubriera. Probablemente se pondría furioso. Muy furioso. Y con toda razón. A ningún padre le gustaría saber que su hija tiene un amorío con un piloto al servicio de un traficante de drogas.

Ni aunque el padre sea el propio traficante.

5

Rosamaría no era fea. Al contrario: era una mulata de porte altivo, dientes bonitos y nalgas paradas. Albano le pasó revista en detalle, mientras ella y Odete iban al baño.

¿Ves? Eres un tipo con suerte, *Chico*.

Por ahora, Brito se llamaba *Chico*, y Albano era *Mario*. Se encontraban en un restaurante con mesas al aire libre, al margen del río. Bebían cervezas mientras picoteaban pescaditos empanizados. Había pocos clientes, la mayoría eran parejas. Albano y Brito miraban al río deslizarse lleno de barro a todo lo ancho del cauce. Allí iban a pescar personas de todas las regiones del país.

¿Quieres cambiar y te quedas con la chaparrita? Esa mulata está buenísima.

No está mal.

¿Qué te pasa, Chico? Es un mujerón. Y por si fuera poco tiene su propio negocio. ¿Qué más puedes pedirle a la vida, compadre?

Rosamaría tenía una tienda de bisuterías en la terminal de autobuses de la ciudad. Brito dio una palmada en su brazo y aplastó un zancudo.

Estas pinches mierditas nos van a comer vivos. En cuanto regresen del baño, voy a pedir la cuenta. Vamos a dar una vuelta por ahí.

Una camioneta de doble cabina entró al estacionamiento del restaurante. De ella se bajaron tres tipos panzones, de piel blanca, enrojecida por el sol. Escogieron mesa. Uno de ellos vio a Albano y le sonrió amistosamente. Parecían pescadores. Los tres vestían bermudas –iba a ser una noche de gala para los zancudos. Brito le dio un trago a su bebida e hizo una mueca. La cerveza ya estaba caliente.

Aquella tarde, Albano había telefoneado a Miro para explicarle en qué etapa del trabajo estaba.

Estamos en fase uno –dijo en código.

Eso significaba que todavía estaban reconociendo el terreno. La orden de Miro fue clara: no necesitan apurarse, siempre y cuando hagan un trabajo bien hecho.

Un perro surgió de entre las mesas, buscando restos de comida. Era un perro callejero flaco; le faltaba pelo en varias partes del cuerpo. Brito vio cómo se movía Albano en la silla. Le tenía pavor a los perros, sin importar tamaño ni raza. Les tenía fobia.

Brito agarró un pedazo de pescado del plato y le silbó al perro.

Cabrón, ¿por qué estás jodiendo?

Calma, Mario. Es sólo un perro con sarna.

El perro se acercó, titubeando. Sus ojos eran oscuros y se veía el miedo en ellos. Brito bajó el brazo y acercó el pescado a su hocico. El perro se lo tragó sin masticar. Después, se sentó en sus patas traseras, a la espera de más. Albano gruñó.

Listo, gracias a ti ahora se va a quedar ahí. Qué amable eres.

Brito arrojó otro pedazo al piso. Albano llamó a uno de los meseros, con un gesto de aflicción. Estaba a punto de subir los pies a la silla. El mesero vino hasta la mesa y, mucho antes de oír el grito, el perro se levantó y se apartó, caminando de lado, con el rabo entre las patas.

Mientras el mesero les daba la cuenta, Brito aprovechó para observar mejor a su "igual", de cabello grasoso, un rostro marcado por el acné y dos arracadas de metal en una de sus orejas. Sus uñas necesitaban un corte y limpieza con urgencia. A Brito, en general, perros y gatos, e incluso las ratas, le parecían más interesantes que las personas. A él le gustaban los animales. Nunca olvidaba lo que lo obligaron a hacer una de las primeras veces que trabajaron juntos él y Albano.

El blanco era un viejo al que se tardaron en encontrar. Gastaron casi un mes en descubrir que el hombre se había refugiado en la casa de playa de un amigo, en la región de Bertioga.

Albano y Brito vigilaron el lugar durante tres días, sin detectar ningún movimiento. El viejo no salía ni recibía visitas. Las ventanas permanecían cerradas día y noche, la casa parecía desierta. Pero ellos tenían información de primera: el hombre estaba dentro. Al cuarto día, al oscurecer, los dos entraron por un terreno baldío y escalaron el muro que estaba al fondo de la casa.

La puerta de la cocina estaba abierta y las luces de todos los cuartos prendidas. Albano fue el primero en entrar, con su vieja 45 apuntada a lo alto. Brito lo siguió, atento al menor ruido. Temían una emboscada.

Debía de estar en el baño, se dieron cuenta de inmediato. Y es que el olor era inconfundible. Albano le hizo una seña a Brito, pidiéndole que lo cubriera, y avanzó. Las paredes del baño eran rústicas, con los ladrillos expuestos, como en el resto de la casa. La cortina de la regadera estaba corrida y dejaba ver una bañera verdosa. El viejo estaba ahí, colgado de una cuerda de nailon. Hacía tiempo que todo había ocurrido. El tubo de la regadera incluso se había doblado con su peso.

El rostro de Albano se contrajo y se echó para atrás, empujado hacia fuera del baño por el olor de la carne descompuesta. Algo en verdad insoportable. Brito guardó su 38 en el cinturón, se puso un pañuelo sobre la nariz y se quedó allí de pie.

Numerosos cabellos blancos aparecían en el mentón y en los cachetes del viejo. No se había rasurado. *¿O será que la barba continúa creciendo durante algún tiempo después de que la persona muere?*, especuló Brito. *Dicen que eso pasa con las uñas.*

Escuchó el ruido de puertas que se abrían: Albano revisaba el resto de la casa. Trató de imaginar lo que aquel viejo le habría hecho a los hermanos Menezes. Los ojos casi salidos de las órbitas y la punta de la lengua asomando entre los labios le daban una expresión horrible al rostro del viejo.

Fue en ese instante que Albano gritó. Brito salió del baño y cruzó el corredor rumbo a la sala. No pudo contener la risa porque la escena era muy cómica. Albano estaba de pie sobre un sofá en una esquina de la sala, con las manos apoyadas en la pared. En frente de él, inmovilizándolo con un gruñido alarmante, estaba un rottweiler.

¿De dónde salió ese perro?

No sé, Brito. Yo entré aquí y apareció de repente. Dispárale.

El perro percibió la presencia de Brito y lo observó por un segundo. Después, volvió su atención y sus gruñidos hacia Albano otra vez.

¿Qué estás esperando? Mátalo.

Brito dio un paso hacia un lado. Los gruñidos aumentaron de intensidad.

¿Por qué no lo matas tú mismo?

Albano miró con odio a Brito.

Si yo hago cualquier movimiento, me va a atacar. Dispara, carajo. Te lo estoy ordenando.

Brito no obedeció. Él ya conocía la historia: a los cinco años, Albano había sido mordido por un perro, que los vecinos mataron en seguida. Tuvieron que ponerle muchísimas inyecciones. Albano sufrió y desarrolló una fobia por esos animales. Todo lo cual a Brito le parecía una enorme bobada.

¿Y si fallo el tiro?

Desde esa distancia no puedes fallar, carajo.

Haz lo siguiente, Albano: bájate despacito, no te va a hacer nada.

Albano miró al rottweiler, como si esperara una confirmación. Pero el perro le enseñó los dientes.

Me va a morder, Briiito...

Albano perdió el equilibrio y se cayó del sofá, resbalando por la pared, en cámara lenta. El perro encogió las patas traseras, listo para saltar. Brito sacó su revólver. El rottweiler avanzó. Brito disparó. Una única vez. Albano cayó de espaldas en el piso y el hocico del perro quedó a dos palmos de su rostro.

Eres un hijo de puta, Brito. Casi me muerde.

Brito se agachó, entre risas, y examinó al rottweiler. La bala entró atrás de la oreja izquierda, e hizo un agujero pequeño, que quedó escondido entre los pelos negros. Tardó en sangrar. El perro estaba flaco, pero aun así era un bello animal. Lamentó haberlo matado.

Albano se levantó, sobándose la espalda. Miró al perro por última vez, dijo una grosería y salió de la casa. Brito acarició la cabeza del animal y vio la videocasetera en el estante, junto a la televisión. Vaya que necesitaba un aparato de ésos.

Las dos mujeres salieron por la puerta del baño. Cuchicheaban como si estuvieran conspirando. Albano y Brito las esperaban a la salida del restaurante.

Albano manejó lentamente por las calles vacías mientras Odete mantenía una de sus manos en su muslo. Conversaban sobre lo que cada uno haría si supiera que sólo le quedaba un día de vida.

Odete entraría en una iglesia y rezaría por su alma. En seguida, daría una fiesta. Albano dijo que pasaría el día en una piscina, bebiendo con sus amigos. Rosamaría iría a buscar a las personas a las que les causó algún daño y les pediría perdón. Albano comentó que era difícil imaginar a Rosamaría causándole algún mal a alguien. Ella citó un pasaje de un libro que había leído, según el cual, de una forma o de otra, siempre acabamos haciéndole mal a alguien. Albano se rio y dijo que, si fuera así, él tendría que pedirles a esas personas que se formaran en fila.

Brito pensó un poco y mintió, diciendo que no haría nada diferente a su rutina habitual. La verdad, pensó en Marlene. Si sólo le quedara un día, le gustaría pasarlo a su lado.

Albano entró en la calle de la feria, completamente a oscuras a esa hora. Brito pensó en la lectora de cartas y en el joven del tráiler. Debería ir hasta allá y darle un tiro a cada uno. El auto rodaba a veinte por hora. Albano miró por el retrovisor y constató que Brito y Rosamaría continuaban cada uno en su asiento.

¿Y entonces? ¿Vamos a un hotel?

Odete se dio la vuelta en su asiento y miró a la mulata.

¿Por qué no vamos a mi casa?

Albano quitó las manos del volante, abriendo los brazos.

Por mí, está perfecto.

Brito y Rosamaría no dijeron nada.

Odete vivía lejos del centro, en una calle ancha y llena de árboles. La casa era bonita, con puerta y muros bajos y un jardín bien cuidado al frente. Cinco golondrinas de porcelana, en orden decreciente, volaban en la pared junto a la puerta. Había un adorno idéntico en la casa donde Brito pasó su infancia, y recordar eso le hizo bien.

Rosamaría y Brito se acomodaron en el sofá de la sala, y Albano se recostó sobre un almohadón de flores. Odete prendió el aparato de sonido y les llevó cervezas. En vez de sentarse al lado de Albano, se quitó los zapatos y comenzó a bailar con los brazos levantados.

Brito tuvo que reconocer que se movía con gracia. Sus piernas eran muy bonitas. Entonces miró a Rosamaría. Ella sonrió sin mostrar sus bellos dientes.

Albano se levantó y se acercó a Odete, pero bailaba con torpeza. Ella alcanzó el apagador y dejó la sala apenas con la media luz de la lámpara. No tardaron los dos en comenzar a acariciarse.

Rosamaría y Brito dejaron de interesarse en ellos. Él la miró de nuevo y ella volvió a sonreír, esta vez exhibiendo sus blanquísimos dientes. Bebían cerveza directamente de la lata. Brito había notado que las dos tenían una gran resistencia al alcohol. Un indicio de que esas mujeres llevaban una vida solitaria.

En eso sonó el timbre de la casa.

Brito se levantó en seguida del sofá. Albano se libró de Odete, pero continuó bailando, todavía sin adecuarse al ritmo de la música.

¿Estás esperando a alguien?

Odete puso cara de fastidio y se dirigió a la puerta.

Apuesto a que es mi ex.

El hombre era tan bajito como ella. No se había rasurado, estaba despeinado, su camiseta tenía manchas de diversos colores. Se hizo para atrás cuando el rostro de Albano apareció sobre el hombro de Odete.

¿No te lo dije? ¿Qué quieres, Joílson?

Él miró a Albano y bajó la cabeza.

Dime rápido. ¿Quieres dinero? Ya te dije que no tengo.

Joílson dijo que tenía hambre. Odete se cruzó de brazos.

Estás pensando en echarme a perder la noche, ¿de eso se trata?

Albano metió la mano en el bolsillo, sacó un billete de la cartera y se lo pasó a Odete.

Es mucho dinero. Este bueno para nada se lo va a gastar en aguardiente.

Dáselo, anda.

El hombre agarró el billete, se dio la vuelta y se fue rápidamente, sin mirar hacia atrás. Mientras cerraba la puerta, Odete pidió disculpas.

Albano la abrazó y le dijo que no había problema. Odete pensó que seguirían bailando pero él la jaló hacia el cuarto. Ella le cerró un ojo a Rosamaría.

Tú conoces la casa, Rosa. Siéntanse como si fuera de ustedes.

Brito bebió despacito un trago de cerveza. El disco se acabó. Rosamaría le preguntó si ponía otro acetato, él dijo que le daba igual. Odete comenzó a gritar en el cuarto. Rosamaría se rio, Brito también. Entonces él se levantó y le extendió la mano.

¿Dónde está el otro cuarto?

6

Como de costumbre, el piloto se sentó en su silla de lona, a la sombra de la caseta de madera, mientras esperaba a que cargaran el avión. Estaban a más de 35 grados.

Dos muchachitos transportaban los paquetes a la camioneta y se los entregaban al hombre, que los acomodaba en el monomotor. Un joven, con el rostro lleno de espinillas, vigilaba todo a distancia con la bandolera del fusil atravesada en el pecho.

Hacía casi tres meses que el piloto se encontraba con Elaine. Era la mujer más atrevida que hubiera conocido nunca y sólo tenía veinte años. Denis estaba enamorado.

Era muy raro que se citaran en su alojamiento en la hacienda. Él prefería los moteles y hoteles de la región. Sabía que el padre de ella tenía gente a su servicio esparcida por todas partes. Moría de miedo de ser descubierto.

Un pájaro amarillo se posó en la rama de un árbol al final del claro. El muchacho empuñó el fusil y apuntó. Fingiendo que disparaba, imitó el sonido de un tiro. A los muchachos les gustó la broma; al hombre, no. Fue suficiente una mirada para que el joven se colgara el arma en el hombro y volviera a la posición anterior. Le sonrió tímidamente al piloto. Usaba una camisa asquerosa, unas bermudas e iba descalzo. Denis supuso que no sabía leer.

Elaine deseaba irse a vivir a Río, pero Miro estaba en contra de esa idea. El problema era que ella dependía del dinero de su padre. No veía la hora de cumplir los veintiún años.

Podríamos sacarle una lana a Miro e irnos.

Denis y Elaine estaban dentro de la bañera en la suite de un motel junto a la carretera. Ya tenían un buen rato dentro. La piel de sus pies comenzaba a arrugarse. El piloto consideró la frase por un tiempo. Él sabía que aunque vivían como perros y gatos, Miro estaba loco por ella. Negó con un movimiento de cabeza.

Tu padre mandaría a alguien por nosotros.

Elaine ignoró el comentario.

Con ese dinero comenzamos de nuevo en Río.

Ni sueñes con eso. Él me mandaría matar.

Ella rozó con su pezón la espalda del piloto. Le dijo cerca del oído:

Entonces, también tendrá que matarme. Siempre estaré contigo.

Denis se rio. Ella no conocía bien a su padre.

No vamos a ganar nada escondiéndonos. Alguien a su servicio va a terminar por encontrarnos.

Elaine salió de la bañera y se enrolló en una toalla.
Él no tendría valor para mandar matarme.
Claro que no.
Denis también salió de la bañera y se enjuagó. Sentía un leve ardor en el glande, y es que ella era infernal en la cama. Tenía rasguños en el falo. Lo cual le parecía excelente.
¿Te dije que tengo un plan?
Denis se agachó y se restregó la toalla en la cabellera.
Elaine se detuvo en la puerta del baño y siguió hablando.
Podemos fingir mi propio secuestro. ¿Te imaginas? ¿Tú crees que él se negaría a pagar mi rescate? Claro que pagaría. Entonces no tendríamos más que tomar el dinero y desaparecer.
El piloto la miró para confirmar si Elaine hablaba en serio.
Lo que acabas de decir no tiene pies ni cabeza. Nunca daría resultado, nunca.
Claro que sí. Sólo tienes que ayudarme. Si hacemos todo con cuidado, no tiene por qué salir mal.
Él pasó la toalla por el espejo empañado y se amarró los largos cabellos con una liga.
Has visto demasiadas películas, Elaine.

Los dos chicos terminaron de meter la carga al monomotor y entraron a la cabina de la camioneta. El muchacho del fusil permaneció en su lugar. El piloto miró hacia lo alto: una nube gorda tapaba el sol. Era probable que lloviera durante el vuelo de regreso.

El hombre terminó su trabajo y se acercó a la caseta. Treinta kilos, dijo, con acento marcado. Cargaba una 7.65 metida en la cintura. Nuevecita. Regalo de Miro, de la época en que el traficante vigilaba personalmente las operaciones.

Aunque se veían con frecuencia, Denis y el hombre mantenían conversaciones breves y objetivas, absolutamente formales. El piloto se levantó, desarmó su silla y avisó que se iba. El hombre lo siguió hasta la cabina del avión. El piloto vio la luz de un relámpago recortar la sierra frente a él. Seguro le iba a tocar lluvia.

Al despedirse, el hombre pidió que les pasara un recado a los Menezes: quería un aumento en el precio de la próxima entrega. El ejército boliviano había destruido algunas plantaciones de coca en las últimas semanas. Pronto habría escasez del producto en el mercado.

El piloto no dijo nada, pero estaba seguro de que a los hermanos les iba a importar muy poco. Estaban ganando dinero como nunca. Tres días antes, el propio Abilio le había confesado eso durante una charla. Una charla que no conseguía quitarse de la cabeza.

Él estaba en su cuarto, leyendo el relato de una expedición al Ártico, cuando Abilio tocó la puerta. Traía un litro de whisky.

Vengo a invitarte un trago.

A Denis le pareció raro: Abilio nunca iba hasta los alojamientos.

Jaló una silla y tomó dos vasos, mientras el piloto sacaba hielo del frigobar. Abilio examinó el cuarto y sus ojos se detuvieron en la cama sin tender.

¿Estás cómodo aquí?

Sí, tengo todo lo que necesito.

Brindaron. Denis se sentó en la orilla de la cama y vio el libro cerrado, lo cual lo puso de malas. No había marcado la página en la que se quedó.

Abilio comenzó una plática sobre la buena etapa de los negocios, que al piloto le pareció aún más rara. Los Menezes hablaban apenas lo esencial sobre sus negocios. Abilio dijo que estaban ganando un dineral.

El caso es el siguiente: vamos a comprar otro avión y queremos que contrates un piloto.

De vez en cuando, levantaba la orilla de los labios mientras hablaba. Un tic. A Denis le parecía siniestro.

Puedo llamar al aeroclub y pedir que me recomienden a alguien.

Abilio agitó el hielo en su vaso.

Necesito que sea alguien de confianza. Como tú.

Voy a sondear a mis conocidos y veré si alguien está interesado.

Perfecto, dijo, Abilio.

Brindaron una vez más.

La plática entre los dos se prolongó una última copa de whisky. Abilio consultó al piloto sobre modelos de aviones y precios. Dijo que si las cosas continuaban a ese ritmo, pronto Denis debería dirigir una flota. Le contó que él y Miro buscaban alguna forma de darle una participación en las ganancias. Entonces, sonrió.

Además, vas a terminar por entrar a la familia, ¿verdad?

Denis se paralizó.

Yo sé que te estás cogiendo a mi sobrina.

El piloto se levantó y colocó su vaso sobre el buró. Abilio le hizo un gesto para que se sentara.

No te preocupes: Miro no sabe.

Denis obedeció, tratando de anticiparse a lo que venía.

Él vigila mucho a Elaine, es mejor que lo sepas. Y ella tiene un genio difícil. En este momento traen un pleito enorme, porque ella quiere mudarse a Río. Miro exagera. Elaine ya no es una niña.

La esquina de la boca de Abilio se estiró de nuevo. Él mantenía la mirada en los ojos claros del piloto. Denis comprendió que tenía que jugársela.

¿Qué quieres de mí?

Abilio se levantó y puso su vaso al lado de la botella, encima del frigobar.

¿Qué podría querer? A mí me da igual la vida de mi sobrina.

Se encaminó hacia la puerta, la abrió y respiró el aire de la tarde. Dijo, sin mirar al piloto:

Sólo quería que supieras que yo sé. Espero que eso no se te olvide.

Denis tenía problemas para controlar la respiración. Comenzó a sentir un principio de taquicardia. Abilio se dio la vuelta. Sonreía de nuevo.

A propósito: escoge el Night Fever, el de la autopista. Ese motel es nuestro. Ya le avisé al gerente para que no les cobre la próxima vez que aparezcan por ahí.

El piloto despegó de la pista clandestina en Piso Firme. Cuando el monomotor alcanzó la altura necesaria, vio a la camioneta alejarse de la caseta. Entonces numerosas gotas de lluvia golpearon los vidrios del avión. El temporal salía a su encuentro.

Allí, en el aire, el único lugar que le parecía seguro, trató de ver su situación bajo otra perspectiva. No lo consiguió. Sabía que estaba en problemas. Dentro de poco, su vida valdría mucho menos que uno de los paquetes que transportaba en el avión.

7

El grito de Rosamaría asustó a Brito. Éste saltó de la cama y casi derrumbó la puerta al entrar al baño. Ella estaba apoyada en la pared hecha de azulejos y se cubría la boca con las manos. Había una cucaracha en la esquina de la regadera.
—Hotel de mierda. No tienes por qué tener miedo: está muerta.
—Agh, qué asco.
Con la punta de los dedos, agarró la cucaracha por las antenas y la arrojó al bote de la basura.
—Listo. Puedes bañarte tranquila.
Rosamaría lo tomó por el rostro y le dio un beso rápido en los labios. Él sólo traía puesta la trusa.
—¿No quieres bañarte conmigo?
—Ahora, no. Estoy viendo la tele.
Rosamaría abrió la llave de la regadera. Antes de cerrar la puerta, Brito admiró su cuerpo. Albano tenía razón cuando la codició: era una bella mujer. Desinhibida y cariñosa como pocas de las mujeres con las que había dormido. Ella le contó que era una de las principales bailarinas de una de las escuelas de samba de la

ciudad. Él le prometió que no se perdería el Carnaval del próximo año.

Brito se estiró en la cama y se puso a ver la televisión suspendida en un soporte cerca del techo. El presentador de un programa que tenía público en vivo entrevistaba a un joven deforme. Mis iguales, pensó Brito. Oyó a la chaparrita reírse en el cuarto vecino. Ella y Albano habían cogido por lo menos tres veces ese domingo, a juzgar por los gritos que Rosamaría y él escucharon. Se estaban entendiendo.

Antes, a la hora de la comida, las dos parejas se habían dado una vuelta por la feria. Se detuvieron en el tiro al blanco y los hombres fallaron la mayor parte de los tiros (ambos reclamaron que la mira de las escopetas estaba chueca). A las mujeres les fue mejor y cada una salió con un animal de peluche. Ellos estaban concentrados en otra cosa: en la casa de la baranda amplia al otro lado de la calle.

En el momento en que el portón del garaje se abrió, accionado por un mecanismo electrónico, Brito y Albano cruzaron miradas. Primero, salió a la calle un tipo chaparro y gorducho, con un *walkie-talkie* en una de las manos. Tenía nariz de boxeador y, a pesar del sol fuerte, traía una chamarra de cuero. Enseguida, un Opala negro salió del garaje.

El hombre de la chamarra de cuero accionó el portón y esperó a que se cerrara por completo. Sólo entonces entró al auto por la puerta de atrás. Los vidrios laterales eran oscuros y Albano sólo consiguió ver al chofer cuando el Opala dio vuelta en la esquina. Fue una mirada rápida. Suficiente, sin embargo, para descubrir cuánto había cambiado.

Odete dio un grito y saltó sobre Albano. Le había dado al blanco y ganaba así la apuesta entre ellos, lo cual le daba derecho a un animal de peluche. Rosamaría ya tenía el suyo. Brito siguió la trayectoria del auto, hasta que desapareció al final de la calle.

En el camino de regreso al hotel, Albano se apartó de los tres y marcó su celular. Sólo dijo: Fase 2. Colgó. Las mujeres no se dieron cuenta, y aunque hubieran oído, no iban a entender el recado: había hecho contacto visual con el blanco.

Rosamaría salió desnuda del baño y se acostó junto a Brito. En la tele, el presentador informaba el número de una cuenta y pedía ayuda para costear la cirugía de otra de las aberrantes personas que estaba entrevistando.

Con este calor, apenas te bañas y ya estás sudando de nuevo.

Él deslizó la mano por el interior de su muslo. Su piel estaba húmeda y caliente. Un enmarañado mechón de pelos crespos y oscuros se alzaba desde su pubis. Rosamaría se volvió hacia él y lo miró.

Odete cree que toda esa historia de que ustedes compran ganado es mentira.

Él se sonrió.

¿Ah, sí?

Ella dice que ustedes están aquí por otro motivo.

Brito usó el índice para tocar levemente los labios de ella. Rosamaría detuvo su mano y le besó los dedos.

¿Y cuál sería el motivo?

Ella se puso de rodillas sobre la cama y le jaló el bóxer hasta la mitad de las rodillas.

Odete cree que tú y Mario son de la policía. Que vinieron por el asalto.

¿Cuál asalto?

Brito cerró los ojos. Con la palma abierta, Rosamaría le frotaba el falo con fuerza.

Asaltaron el Banco do Brasil la semana pasada. Mataron al guardia y a una empleada del banco.

Él no estaba enterado. Sólo sabía que no conseguiría aguantar mucho tiempo más. Pero la dejó seguir.

¿Ustedes son de la policía?

Brito contrajo los músculos del cuerpo. Pensó en Marlene un segundo antes de eyacular. Ella también creía que Brito era policía.

El día que Brito y Marlene se conocieron comenzó en el aeropuerto de Congoñas, donde él y Miro desembarcaron a primera hora. Miro había ido a São Paulo para examinar un garañón pura sangre que pretendía comprar. Brito lo acompañaba como chofer y guardaespaldas. Rentaron un auto y pasaron el día en un criadero de caballos en los alrededores de la ciudad. Por la noche, cuando regresaban, Miro le pasó una dirección en el centro. Para relajarnos, explicó.

Era una casa de dos pisos, discreta, no muy lejos de la zona roja. Había luz negra en una sala espaciosa, sofás, un pequeño bar, música suave y mujeres de varios tamaños y precios. Brito estaba en lo suyo, echándose un trago en la barra del bar. Miro se sentó en un sofá y se enganchó en una charla con una pelirroja tamaño extragrande. Al poco rato, estaba colocando cacahuates en la boca de la mujer. Brito miró sin interés a las otras muchachas. Aunque se esforzaban, ninguna de ellas era tan *sexy* o seductora como pensaba. Y todas posaban como si fueran peligrosas. Ninguna lo era. Cada quien es lo que es, pensó él.

Había dos hombres más en la sala, ambos de corbata y camisas arremangadas por fuera del pantalón. Ejecutivos que no querían ser vistos. Nadie en aquel momento podría poner a Miro en riesgo. A no ser la pelirroja, que se había arrodillado en el sofá y casi lo asfixiaba con sus tetas.

Brito estaba contento de haber pasado el día en compañía de otro tipo de bestias, lejos de sus iguales. Los caballos eran lindos.

Fue entonces cuando una delgada mujer de ojos verdes bajó por la escalera. Desde el principio le gustó su forma de andar. Si todas las mujeres flotaran de ese modo, Brito apreciaría un poco más a la humanidad. No usaba maquillaje. Tenía manos pequeñas y senos grandes. Los ojos ligeramente rasgados –alguna china se había cogido a uno de sus bisabuelos.

Los huesos se marcaban al final de sus hombros. Sólo usaba una gargantilla de metal y un vestido sencillo, pero no necesitaba nada más. Se recargó junto a Brito en la barra y miró a las otras mujeres como un animal miraría a un compañero de la manada que estuviera lisiado. Después, le preguntó si podía tomar de su cerveza. Brito pidió un vaso y le sirvió.

Era Marlene. Entonces *Bruna* era su nombre de batalla.

Ella y Brito tenían varios puntos de vista en común, les gustaban las mismas cosas y odiaban cosas parecidas. Compartían el mismo malestar por estar en el mundo.

Miro se levantó sin despegarse de la pelirroja y subió las escaleras. La mujer era enorme. Aun así, iba a sufrir si le tocaba quedar por debajo de su voluminosa pareja.

Marlene le contó que era la dueña del lugar. Había sido *amiga* de un milico, ya muerto, que le compró la casa de regalo. En aquel momento estaba soltera. Explicó que la mayoría de los hombres parecían tenerle miedo.

Era como cuando acabas de encontrar a una persona, pero tienes la impresión de que ya la conocías desde hace mucho tiempo, ¿sabes? Brito le diría a Albano, al explicarle, semanas más tarde, por qué se estaba mudando a São Paulo. Con Marlene fue así. A Brito rara vez le sucedían cosas así.

Conversaron apoyados en la barra durante un largo tiempo. Varias veces, Brito pensó en preguntarle si ella también atendía clientes, y cuánto cobraba. Pero pensó que no debía hacerlo. A Miro no le gustaría regresar del cuarto con la pelirroja y no encontrarlo.

Cuando reapareció, estaba sonrojado y sudaba a chorros y avisó que ya se iban. Marlene anotó un número en una servilleta de papel y se la entregó a Brito. Le dijo que si quería, podía hablarle cuando pasara de nuevo por la ciudad. Le había caído bien.

Brito le telefoneó. Regresó a São Paulo cuatro días después, en una de las raras veces en que viajó sin su arma.

Salieron a cenar y enseguida fueron al departamento en que ella vivía en esa época, en la Plaza Roosevelt. Viendo a Marlene moverse por la casa, mientras preparaba un café para los dos, Brito percibió que estaba feliz. Eso era algo nuevo.

En la recámara, sin embargo, Marlene lo sorprendió.

¿Te parecería terrible si el día de hoy no hacemos nada? ¿Podríamos quedarnos sólo abrazados en la cama?

A Brito no le gustó la idea, pero dijo que estaba bien. Con otra mujer, habría discutido. Nunca con Marlene. No quería echar a perder el encanto. Brito estaba lejos de ser ingenuo. Pero, la verdad es que sólo en ese momento se dio cuenta de que no tendría que pagar por aquella noche.

Imaginó que Marlene sería de esas mujeres que nunca aceptan ir a la cama en el primer encuentro. Una romántica. Pero no era ése el motivo. Tenía la menstruación.

Al día siguiente hicieron un pacto: nunca hablarían del pasado.
Para Brito eso fue muy cómodo. Era fácil imaginar el pasado de Marlene. Al esconder el suyo, qué mejor, evitaría hablar del presente. No sabía cómo reaccionaría ella si le contaba a qué se dedicaba. Temía ser rechazado, y ella comenzaba a gustarle.
Brito regresó varias veces a São Paulo, hasta que decidieron vivir juntos. Rentaron un departamento espacioso y de techo alto en la Avenida San Luis, casi en la esquina con Ipiranga. Allí conoció el cielo y el infierno.

Brito terminó de lavarse y regresó a la cama. Rosamaría se estiró. Era el momento crítico. Cuando se encontraba satisfecho, a Brito le gustaba tomarse un minuto para sí mismo. De preferencia en silencio, de ser posible. Ella recostó la cabeza en su hombro y se acomodó. Era del tipo encimoso. Su sudor le pareció agradable.
Odete comentó que ustedes dos siempre andan armados.
Brito se rascó la ingle. El presentador en la tele distribuía dinero a su auditorio.
¿Algún problema?
Bueno, los que traen arma son policías. O...
¿O?
Bandidos.
Brito atrajo el cuerpo de ella hacia el suyo.
Andamos armados sólo por protección.

A Rosamaría le gustó la respuesta. Nunca tendría idea del esfuerzo que Brito había hecho para controlarse.

La mulata tenía un defecto. Hablaba demasiado. Como la chaparrita. A pesar de eso, eran interesantes y divertidas. Brito iba a lamentar tener que matarlas, de ser necesario.

8

Pruebas de amor del piloto por Elaine:
   Él le cumplía todos sus caprichos, por mínimos que fueran.
   Denis entró con ella a una *sexshop* para comprar un par de esposas, a la luz del día. Se arrodilló delante de Elaine y le bajó el calzoncillo en el elevador de un hotel en Porto Velho, y sólo se dio cuenta de que había una cámara en el techo cuando ya se había puesto de pie y se pasaba la palma de la mano por la boca. Invirtieron los papeles: ella se vistió de hombre, él se soltó el cabello y se puso vestido y lápiz de labios, Elaine se lo cogió, como siempre. El tipo de cosas que, por iniciativa propia, el piloto jamás haría. Ella despertaba en él un lado que Denis desconocía.
   Le dijo a Elaine que pensaba en ella en la tierra y en el aire (se lo dijo el día de los novios, cuando llevaban seis meses y medio juntos). Ella usaba una falda corta y agarró la mano de Denis para ponerla entre sus piernas.
   Yo pienso en ti con esto.

Pruebas de amor de Elaine por Denis:
En una ocasión, ella dijo que haría cualquier cosa por él. El piloto se dio cuenta de que Elaine hablaba en serio.

Les gustaba jugar a esto: si estaban en un restaurante, escogían una pareja y Elaine comenzaba a flirtear con el tipo. El papel de Denis era fingir que no se daba cuenta de nada, hasta que la otra pareja terminaba peleándose. Al piloto le parecía chistoso que las mujeres siempre dirigieran su furia contra sus acompañantes, nunca contra Elaine.

Una vez en un restaurante de un centro comercial, un tipo esperó a que Denis fuera al baño, y lo siguió. Era un sesentón bien conservado y bien vestido. Orinaron, lado a lado. Todo el tiempo, el piloto sintió que el hombre lo observaba. Cuando se lavaban las manos el tipo encaró a Denis por el espejo.

Ponte abusado con esa jovencita que te acompaña. Va a terminar por meterte en problemas.

Mientras coqueteaba con el hombre, Elaine llegó al punto de pasar la lengua entre sus labios. Se rio mucho cuando el piloto le contó lo que el señor le había dicho en el baño.

Tenían otros juegos, algunos no tan inocentes.

Ella era hija única. Decidió dejar de estudiar antes de terminar la preparatoria y se dedicó a vagar por Porto Velho, mantenida por su padre. Eso, cuando no estaba viajando. A la madre ese estilo de vida le parecía perfecto.

Elaine no se llevaba bien con los muchachos de su edad. Le parecían provincianos, broncos, machistas. Fue cuando conoció al piloto. Y lo escogió.
  Ambos sabían que jamás obtendrían la aprobación de Miro. La clandestinidad aumentaba todavía más la intensidad erótica entre los dos. Sólo les quedaba esperar. Mientras tanto, cogían.

Una de Elaine:
  El día en que Denis cumplió treinta años, ella lo llevó a una suite del Rondon Palace Hotel, que ya había reservado. Cuando el piloto abrió la puerta, vio a una muchacha acostada de bruces en la ancha cama. Era linda y los esperaba desnuda.
  Varias veces, habían conversado sobre incluir a otra mujer en sus encuentros. Ese día había llegado.
  Es tu regalo, le dijo.

Una del piloto:
  Aguardaba la hora de abordar un avión en un café del aeropuerto de Congoñas. Era viernes por la noche, había gran movimiento de personas en el andén. Entonces reparó en la mujer que se sentó en la mesita contigua.
  Era morena y encantadora, usaba un conjunto de falda y chaqueta oscuras sobre una blusa blanca. Sonrió con simpatía cuando la mirada de Denis se cruzó con la de ella. Parecía una diva italiana reencarnada en la ejecutiva de una multinacional.

Él apreciaba a las mujeres agresivas y, en ese campo, Elaine iba por delante de cualquiera con gran ventaja. Por eso le gustó ver que la morena tomaba su café, se ponía de pie y se acercaba a su mesa.

El nombre de ella era María Silvia; su acento, carioca.

El piloto estudió sus uñas bien arregladas. Ella sacó una tarjeta de su bolsa y la deslizó sobre la mesa, en dirección a Denis.

Me gustan las cosas bien claras desde el principio.

El piloto examinó la tarjeta: informaba que María Silvia era de la policía federal. Él dobló la punta del cartón y la dejó caer sobre la uña de su pulgar. No tenía nada que decir.

Tú sabes lo que nos interesa, ¿no?

Al decir esto, señaló a un hombre que estaba recargado en la barra de la cafetería, a la derecha de su mesa. El hombre movió la cabeza de manera sutil, para saludarlos. Denis sonrió.

Si no me explicas, no puedo saber a qué te refieres.

Esta vez le tocó a María Silvia sonreír.

La propuesta es sencilla, Denis. Tú puedes ayudarnos y ayudarte al mismo tiempo.

No sé de qué me hablas.

Claro que sabes. Si colaboras ahora, te garantizo inmunidad. Más tarde, cuando atrapemos a los dos Menezes, no podré hacer nada por ti. Te va a salir moho en la cárcel. Piénsalo bien, todavía eres joven, tienes una vida por delante.

El piloto miró de nuevo la tarjeta, pensativo.

La mujer se levantó.
Piensa en el asunto con cariño y llámame. El teléfono está ahí en la tarjeta. A cualquier hora, pero no esperes hasta que sea demasiado tarde.

El piloto permaneció sentado en el café después de que la mujer y su acompañante se alejaron, y se preguntó si valdría la pena comentar aquel encuentro con Miro y Abilio.

Una de Abilio:
Estaba en el sauna de su casa cuando sonó el teléfono. Detestaba que lo interrumpieran en esas horas, pero escuchó con paciencia lo que el hombre decía. En seguida se cambió de ropa y salió.

El gerente del Night Fever era un tipo medio lento, Abilio no confiaba en él. Aunque esa noche cambió de idea. El hombre le entregó las identificaciones tan pronto Abilio entró en la oficina del motel.

Mira qué bonita pareja de palomitas.

Una de Elaine y Denis:
En un día lluvioso y de baja temperatura, extraño para esa época del año, los dos entraron a un motel de la carretera. Se quitaron los zapatos y se acostaron vestidos. Permanecieron así durante un largo tiempo, en silencio, mirándose en el espejo del techo. Por primera vez no tenían ganas de hacer el amor. Elaine acababa de contarle que estaba embarazada.

# 9

El timbre, estridente y prolongado, despertó a Brito. Eran las últimas horas de luz del domingo, casi de noche. Había tomado una siesta en el sofá.

Brito se recargó al lado de la puerta, con la 38 en la mano, y espió por la mirilla. Vio la imagen alterada de una mujer con un paquete en las manos. Él no esperaba a nadie. Miró de nuevo: era la vieja del departamento vecino.

Escondió el revólver, se abrochó los botones de la camisa, se arregló el cabello. Estaba descalzo. Aspiró su propio aliento: un horror. ¿Cómo es que se llamaba? ¿Yvone? ¿Ione?

No acababa de abrir la puerta cuando la vieja le puso el paquete en las manos. Era un simple trapo que envolvía a un gato gris, de pelo corto. Un gatito.

Es para doña Marlene. Le prometí que en cuanto la gata pariera, uno de los gatitos sería para ella.

Brito no supo qué hacer.

Es una hembrita, como ella pidió.

La vieja estiró el cuello para mirar al interior del departamento. Vestía un ropón de lana y sandalias de casa. Marlene se la pasaba diciendo que la piel de la vecina parecía un pergamino. Brito sabía que ella vivía con su hijo, un solterón medio retrasado.

¿Doña Marlene no está?

La vieja no lo había notado. Casi tres semanas y ella no se había dado cuenta.

Marlene salió.

La información dejó a la mujer contrariada. Volvió a meter el cuello para espiar, como si desconfiara de él.

Dígale que me llame cuando llegue. Quiero darle unas recomendaciones. He criado a este tipo de gatitos mi vida entera.

Brito ni siquiera se preocupó por darle las gracias. La vieja lanzó una última mirada en dirección del corredor, a espaldas de él y se fue arrastrando las chanclas hasta la puerta de su departamento. Él entró y dejó al gatito sobre el tapete de la sala. El bicho comenzó a maullar al instante. Y no paró.

A Brito se le ocurrió calentar un poquito de leche y abrió el refrigerador. Pero hacía un buen tiempo que en esa casa no había leche. Vio sólo un poco de mantequilla, latas de cerveza, una botella de agua y dos tomates echados a perder, que siempre olvidaba tirar a la basura.

Encontró un paquete de pan tostado en la despensa. Trituró un poco en un platito y le sirvió agua tibia por encima. El gato comió con apetito. Después se hizo bolita en el trapo en que la vieja lo había llevado y se durmió.

A pesar de que le gustaban los animales, Brito sabía que aquel gatito le iba a causar problemas. ¿Qué podría contarle a la vieja para que se lo llevara de regreso a su casa?, se preguntó. Lo único que no quería, era hablar de Marlene.

No quería acordarse de Marlene: en los últimos tiempos, se habían acostado sin cuidarse. La confianza. El gran disfraz del amor.

No quería pensar en Marlene: cuando estaba en São Paulo, Brito nunca la acompañaba a la casa de mujeres. Era su trabajo, él respetaba eso. Prefería quedarse en el departamento, viendo películas en el aparato de video que se había robado de la casa de playa.

No quería soñar con Marlene. Pero soñaba con frecuencia, y siempre soñaba que se hallaban en la misma situación. Ambos se encontraban en un lugar oscuro, aunque sabían que era peligroso, y ella le pedía que la llevara de vuelta a su casa. En ese punto, Brito despertaba, como le acaba de pasar ahora, en el cuarto del hotel. Se talló el rostro con las manos. El recuerdo nítido del sueño tardó en disiparse.

Brito miró su reloj: si quisiera, podría dormir una hora más. Pero estaba animado, eléctrico, y resolvió tomar un baño para terminar de despertar. Él y Albano debían irse muy temprano. Era su último día en ese lugar.

Mientras orinaba, Brito reparó en el lápiz de labios que Rosamaría había olvidado sobre el lavabo. Estaba llegando el momento: él y Albano desaparecerían de repente. Brito trató de imaginarse la reacción de Rosamaría y Odete. ¿Qué pensarían de ellos?

(Brito y Albano no tenían manera de adivinarlo, pero en las oficinas de la policía, días después, ambas negarían hasta el final que conocían a los dos hombres. Y decían la verdad: eran unos perfectos desconocidos para ellas.)
 Albano aún no le había explicado lo que iban a hacer. Él era así: sólo revelaba su plan en el último minuto. Siempre eran ideas sencillas, pero brillantes y audaces.

 Un año antes, en el interior de Goiás, los dos pasaron una semana armando una emboscada para un individuo. A la hora de entrar en acción, Albano apareció con overoles y cascos y entraron a la casa disfrazados de técnicos de la compañía telefónica.
 Sólo después de que todo acabó, Brito supo cómo Albano había conseguido los overoles. Y supo aún más: también había intervenido la caja de transmisión del barrio, dejando la mayoría de los teléfonos descompuestos. Tanto así, que a la hora en que dejaban la casa, después de haber realizado la misión, un viejo, desde el segundo piso vecino, los llamó con una seña, para decirles que necesitaban hacer algo con su teléfono, pues tenía algún tipo de interferencia. Albano dijo que irían a recoger el equipo, pero que no tardarían en regresar. Los dos entraron en el auto y se fueron.
 Brito pensaba mucho en esa historia. A causa del niño.
 La mujer les abrió la puerta sin desconfiar. Ya les estaba enseñando el aparato defectuoso cuando el

hombre surgió en el corredor y reconoció a Albano. Corrió hacia uno de los cuartos y Albano fue tras él. Brito agarró a la mujer y la encerró en el baño. Enseguida se reunió con Albano en el cuarto.

El hombre estaba acorralado en una esquina, al lado de la cama, abrazando a un niño. Era un muchachito flaco, casi raquítico, de cabeza grande, desproporcionada en relación con el resto del cuerpo. Era un niño enfermo. Lo más curioso es que no parecía asustado con el arma que Albano usaba para apuntarles.

Dile al niño que se vaya, le dijo Albano al hombre. Si no, también él se muere.

El hombre se abrazó al niño con más fuerza. Tenía el rostro retorcido de pavor.

Albano gesticuló con la mano que sostenía el arma. Gritó:

Sal de ahí, muchacho.

El niño obedeció. Se zafó de las manos del hombre y salió rápidamente, pasando por encima de la cama. No eran padre e hijo, eso Brito ya lo sabía. Él empujó al niño fuera del cuarto y salió tras de él, luego de cerrar la puerta. No escucharon ni un solo grito. Sólo el ruido seco y sofocado de dos disparos hechos con silenciador, seguido del estrépito de un cuerpo que cae al piso. La expresión en el rostro del niño no se alteró. Ni siquiera los berridos de la mujer que golpeaba la puerta del baño le provocaron alguna reacción. Se limitaba a mirar con curiosidad el casco amarillo que Brito traía puesto al revés.

Albano salió del cuarto y abandonaron la casa. Brito entró en el auto, echó el casco al asiento trasero y comenzó a desabotonarse el overol. Albano arrancó. Parecía excitado. Brito ya había notado que siempre se ponía así después de ejecutar uno de sus encargos. Cuando llegaron a la autopista, Brito ya había conseguido ponerse los pantalones y calzarse los zapatos, a pesar de que era una maniobra complicada de realizar en el apretado espacio delantero del auto.

Albano manejaba sin perder de vista el camino, por eso aún traía puesto el casco y el overol. Brito se preguntaba si le habría disparado al niño. Concluyó que no.

Brito terminó de bañarse, se enjuagó, se peinó los cabellos y se vistió. Después de limpiar el cuarto, revisó que no olvidaba nada. No le gustaba dejar rastros. Por eso, antes de tirar del cierre, ya había echado el lápiz de labios de Rosamaría dentro de la maleta.

Pronto estaría de regreso en el departamento de São Paulo. Un departamento vacío. Había tratado de conseguir otra mujer que viviera con él, pero nunca lo logró. A una de esas mujeres, prácticamente, tuvo que echarla de la casa. Una loca, que tomaba drogas y solía andar desnuda por la casa. Brito sacudió la cabeza, para ahuyentar el recuerdo.

Tomó la 38 de encima del buró y la examinó. Pensó en Lucas Cerqueira. Con él y Albano iba a ser diferente.

10

Como de costumbre, el piloto se sentó en la silla de lona, a la sombra de la caseta de madera, mientras esperaba a que terminaran de cargar el avión. Era agosto. La nube de humo de los incendios forestales ocultaba la visión del cielo; un olor a quemado llegaba hasta él. Era un peligro volar en esa época del año. Cualquiera de aquellos montes, bonitos a la distancia, podía surgir en frente del avión, de repente. No había tiempo de hacer nada. Uno volaba a ciegas.

Los dos jovencitos bajaban los paquetes de la camioneta y se los entregaban a un hombre que los acomodaba dentro del monomotor. Había una especie de tensión entre los chicos, como si acabaran de pelearse. El joven del fusil vigilaba el trabajo, sin mucho interés. Se había rapado la cabeza.

La vida del piloto había llegado a una encrucijada. Elaine llevaba en la barriga un hijo suyo. En poco tiempo comenzaría a notarse. Denis se estaba preparando para dar un giro a su vida. Un gran giro. No había planeado nada de eso. Simplemente sucedió. Así de sencillo.

Los dos chicos terminaron de acercar la carga al monomotor. Uno de ellos le jugó una broma al otro, que le respondió enojado, y entró a la cabina de la camioneta. El muchacho del fusil permaneció en su lugar. Bostezaba. El piloto miró a lo alto: los jirones negros del incendio se agitaban en el viento, ensuciándolo todo. El cielo era una nube blanca, a través de la cual no se alcanzaba a ver casi nada.

El hombre también terminó su trabajo y se acercó a la caseta. La 7.65 descansaba en la cintura.

Cuarenta y dos, dijo.

Y se sentó en cuclillas junto al piloto, con la espalda recargada en la pared de madera. Denis miró al hombre: era bajito y grueso. Como la mayoría de los bolivianos que había conocido en ese trabajo, tenía una mirada llena de desconfianza. El piloto se levantó, plegó su silla y dijo que se iba.

El hombre se levantó y comentó que Denis tendría problemas con toda esa humareda. El piloto estuvo de acuerdo, pero pensaba en problemas mucho peores que el humo de los incendios.

¿Y si no lo conseguían?

Denis le preguntó al boliviano cuánto quería por la 7.65. El hombre le dijo que no estaba pensando en deshacerse del arma, era un regalo. El piloto insistió, hizo una oferta considerable. El boliviano se despidió de la 7.65 con una sonrisa triste. Denis sacó la cartera de la bolsa de atrás y le pagó en dólares. El hombre le pidió que lo esperara un momento. Fue hasta la camioneta y regresó con un cargador extra de balas.

El piloto caminó hacia el avión. No tenía idea de lo que iba a suceder. Si cualquier cosa salía mal, al menos tendría la 7.65 en la mano.
Pero nada iba a salir mal.

Tres días antes, Abilio apareció de nuevo en su alojamiento. Se acababa de bañar y exhalaba un aroma a loción para después de rasurar. Dijo que quería tomarse un trago con Denis.
No habían hablado mucho, cuando Abilio se levantó de su silla y se sentó junto al piloto en la cama. Denis se dio cuenta enseguida.
Tienes ojos bonitos.
Abilio pasó los dedos por el rostro del piloto, que se levantó, derramando el whisky en el piso. Denis iba a decir algo, aunque no supiera qué decir, pero Abilio se aproximó y le colocó un índice sobre los labios.
Pssttt... Relájate. Estás muy tenso.
Abilio le puso de nuevo la mano en el rostro y besó sus labios. Un beso rápido, que llenó a Denis de asco. Abilio sonrió tanto que se levantaron las comisuras de su boca.
Así no tiene chiste. Todo tu cuerpo está duro como una estatua, menos en la parte que me interesa.
Y toqueteó al piloto entre las ingles.
Abilio le dio un trago a su bebida y se alejó para dejar su vaso sobre el frigobar. Entonces se le quedó viendo a Denis, que permanecía en el mismo lugar. Estaba paralizado.

¿Por qué sólo mi sobrina tiene derecho a divertirse contigo?

Denis no dijo nada.

Piensa en ella. La próxima vez que venga, espero que seas más comprensivo.

Abilio se fue. El piloto necesitó de una hora, y media botella de whisky, para tranquilizar sus nervios.

Cuando se encontró con Elaine, la tarde siguiente, fue directo al punto.

Nos vamos de aquí.

Estaban en un motel. Ella se estaba quitando la ropa y al oír esto se quedó en calzoncillos y sostén. La panza aún no se le notaba, pero Denis sabía que no tardaría en aparecer.

¿Vas a secuestrarme?

Olvida la historia del secuestro. Tengo otra idea.

Por la mirada del piloto, Elaine percibió que hablaba en serio.

¿Adónde nos vamos? ¿A Río?

No, fuera del país.

¿Con qué dinero?

El piloto le explicó su plan, a Elaine le pareció arriesgado. A Denis le pareció raro: ella, que siempre había sido la más osada. Tuvo miedo de que la maternidad la estuviera transformando en otra persona.

Fue entonces cuando le dijo lo que Abilio sabía sobre los dos, y le contó su visita del día anterior. Elaine estuvo de acuerdo en que no tenían otra salida.

El piloto despegó de la pista clandestina en Piso Firme. Cuando el monomotor ganó altura, no alcanzaba a ver ni la caseta ni la camioneta, pues había entrado en la inmensa nube de humo. Subió un poco más, hasta que pudo ver la línea de las montañas, que se erguían a su izquierda.

Había puesto en marcha su plan. Era todo o nada. Se sentía eufórico, a mil revoluciones por minuto. O tal vez fuera solamente la excitación del miedo.

Surgió una segunda y enorme nube de humo. El monomotor desapareció dentro de ella.

11

Albano reflexionó por un instante. Había dicho que existían dos especies que no aceptaba matar: sacerdotes y mujeres embarazadas. Luego se rio.

Qué mala idea, Brito, ¿por qué alguien querría matar a una monja?

No sé. ¿Tú lo harías?

Yo creo que no.

Desde el auto, detenido sobre la ladera al borde de la carretera, los dos podían acompañar los vuelos rasantes del avión, que dejaba el rastro blanquecino del pesticida en el aire de la mañana. Ellos estaban a favor del viento.

Brito recordó de que Miro nunca hablaba de *matar*. Prefería pedirles que *cuidaran* a una persona. O que *se encargaran* de alguien. Sutilezas inesperadas en un hombre al cual incluso su propio tamaño le impedía ser sutil. En el cabaret en Campo Grande, cuando se conocieron, Brito tardó un poco en entender qué era lo que él le estaba pidiendo.

Albano lo llevó a la mesa y lo presentó con los hermanos Menezes. Entonces Miro le ordenó al mesero que abriera otra botella de whisky. Bebieron, conversaron sobre la vida, contaron chistes. Brito notó que era Miro quien daba las cartas. Abilio hablaba poco, y permanecía la mayor parte del tiempo encerrado en sí mismo, tras un silencio cenizo y hostil. Tenía un tic extraño en la boca y se podía ver que era tan colérico como su hermano.

Dos mujeres se acercaron a la mesa. Abilio le hizo un gesto a una de ellas, que se acercó sonriendo.

Cuando yo quiera que vengan a la mesa, las mando llamar, ¿entendieron? Ahora, a volar.

Miro aprovechó la pausa para cambiar de tema.

Hay un locutor de radio en Paraná que está molestando a un amigo nuestro. Albano nos dijo que tal vez tú podrías ir hasta allá para *encargarte* de eso.

Brito miró a Albano. Hacía mucho tiempo que no lo veía, no sabía en qué estaba trabajando. Pensó en preguntarle qué tendría que hacer, exactamente. Entonces Miro escribió unos cuantos números en un papel que le pasó a Brito.

Eso vale este trabajo. ¿Te crees capaz de encargarte de él para nosotros?

Dado que en esa época sobrevivía lo mejor que podía, Brito calculó que necesitaría de por lo menos dos años para juntar esa cantidad en sus actuales condiciones. Y entendió al instante lo que esperaban de él. Después de que lo expulsaron de la policía, no había vuelto a obtener un trabajo fijo. Vivía al día.

Miro colocó más whisky en los vasos.

Es un trabajo como cualquier otro. Ya verás, Brito, que hasta te va a gustar.

El monomotor terminó de arrojar el insecticida y el piloto maniobró en dirección al campo aéreo, con lo cual desapareció de su ángulo de visión. Albano encendió el auto.

Encargarse de los niños también es complicado, dijo Brito.

Me acuerdo de un caso así, cuando empezaba a trabajar para los Menezes. Me encargaron a un niño, creo que tenía diez o doce años. No quise saber los detalles. No acepté y punto final.

¿Quién hizo el servicio?

Lucas Cerqueira.

Albano se refería a una verdadera leyenda en el mundo de los pistoleros. Lucas era un alagoano que trabajaba de forma independiente, un especialista para casos difíciles. Nunca rechazaba un encargo –había en su currículo dos ediles y por lo menos un gobernador y un juez. Siempre trabajaba solo y cobraba caro por sus servicios.

Antes de llegar a la ciudad, Albano entró en una gasolinera y le pidió al encargado que llenara el tanque y revisara el aceite. Él y Brito se bajaron del auto y se sentaron cerca de la vulcanizadora del puesto de gasolina. Esperaron. Albano jugaba con el encendedor, encendiéndolo y apagándolo.

Carajo, Albano, deja eso. Aquí es peligroso.

Albano se rio y, por un segundo o dos, Brito tuvo la impresión de que sus ojos se volvieron transparentes.

Como si estuviera en trance. Como si soñara con los ojos abiertos y visualizara la gasolinera envuelta en llamas. Volvió a la tierra de golpe y guardó su encendedor en el bolsillo. Brito se levantó, irritado. En la casa de la playa donde encontraron al viejo suicida, había tenido que pelearse con Albano para que no prendiera fuego a las cortinas.

¿Ya pensaste en instalar una chimenea en tu casa?

Albano consideró la pregunta por un momento. Vivía mudándose –cambiaba de mujer con frecuencia, al contrario de Brito–, pero nunca había vivido en una casa con chimenea.

Albano se rio. En los últimos días, se había dado cuenta de que Brito estaba más malhumorado que de costumbre.

¿Cómo es que tu mujer te aguanta, Brito? Explícame.

Brito volteó y lo miró. Nunca había comentado nada sobre Marlene, pero Albano parecía desconfiar. Era más listo que la vieja del departamento de al lado. La muy burra. Él todavía le guardaba rencor: pasó la noche despierto por culpa del gato.

El gatito maulló sin parar en cuanto despertó de su siesta. Hambre no tenía, ya que no se interesó por la nueva porción de pan humedecido que Brito le ofreciera. Sólo maullaba. Extrañaba a su madre.

Llegó al grado de llevárselo a la cama, incluso lo metió debajo de las sábanas. No sirvió de nada: el gato siguió maullando. Y fue mucho peor: se orinó dos veces sobre la sábana. Brito miró hacia la ventana del cuarto y jugó con la idea de arrojarlo –eran nueve pisos. Pero él sabía que no sería capaz.

En la mañana, tocó el timbre del departamento vecino. Fue a abrirle el hombre con retraso mental. Tenía un serio problema con su manera de hablar y Brito ni siquiera entendió el saludo que él balbuceó. La vieja apareció detrás de él. Brito le entregó el gato.

Mire, doña Ivone, yo y...
Ione.
¿Cómo?
Me llamo Ione.

A Brito le molestó la sonrisa incipiente que surgió en los labios del joven recargado en el marco de la puerta.

Está bien. Doña Ione. El caso es el siguiente: Marlene y yo estamos saliendo de viaje y nos vamos por mucho tiempo. Ella le da las gracias, pero no puede aceptar el gato.

Las arrugas de la frente de la mujer se fruncieron todavía más.

¿Sucedió algo? ¿Doña Marlene está bien?
Brito suspiró.
Sí, ella está bien.

Ah, qué bueno. Yo estaba preocupada. Hace un momento me encontré a doña Marlene en la puerta del edificio y me pareció que estaba muy abatida...

Brito vio que la sonrisa se le había congelado en los labios al joven. La vieja estaba tan loca como el hijo, según pudo constatar. ¿Cómo era posible que se hubiera encontrado con Marlene en la puerta del edificio? Deliraba. Él sabía que Marlene jamás volvería por ahí. ...y un viaje ahora le va a hacer muy bien. Ella pasa mucho tiempo encerrada en casa...

Brito la interrumpió, dijo que tenía prisa y se alejó por el corredor, dejando al joven con su sonrisa idiota en los labios y a la vieja con el gato en las manos.

El encargado de la gasolinera alzó y agitó las llaves del auto, el servicio estaba listo.

Marlene debe ser muy paciente, dijo Albano. ¿Cómo está?

Brito se dio cuenta de que Albano estudiaba con atención sus reacciones. Interesadísimo.

Está bien.

Oye, pues qué bueno. Dile que le mando saludos.

Albano sacó la cartera del bolsillo y caminó hacia las bombas de gasolina. Él y Marlene se habían encontrado una sola vez, en São Paulo. Albano pasó al departamento para recoger a Brito —los dos tenían un trabajo en Campinas— y allí la conoció. Comieron juntos. Más tarde, en la carretera, Albano comentó que Marlene era muy bonita y le preguntó a qué se dedicaba. Brito dijo que Marlene era empresaria.

Qué bien. Me das envidia, Brito. Yo no consigo quedarme mucho tiempo con la misma mujer.

¿Por qué?

Ah, no sé. Creo que las mujeres nos distraen. Yo no puedo estar sin ellas, pero me cansan rápido.

Albano alejó el auto de las bombas y lo estacionó en un espacio libre. Después, regresó junto a Brito.

¿Sabes lo que la mulata le dijo a Odete? Que tú eras el mejor tipo con el que había cogido. Está loquita por ti, Brito. Mandó a Odete a que me sacara la sopa: quiere saber si tienes mujer. Le dije que no sabía. ¿Hice bien?

Brito nunca le escondió su situación a Rosamaría. Le dijo que estaba llegando la hora de irse y que no tenía para cuándo volver a esa ciudad. A ella le pareció raro ya que, de acuerdo con Odete, Mario le había prometido que regresaría pronto. Brito dijo que eso era un problema entre él y Odete, y que sólo podía hablar por sí mismo. Rosamaría comentó que la honestidad de Brito hacía que ella lo quisiera todavía más.

Te voy a decir una cosa, Brito: si me quedo más tiempo aquí, conseguiría cogerme a esa mulata de una u otra forma. A ti no te molestaría, ¿verdad?

Brito sólo movió la cabeza.

Albano se interrumpió a mitad de una carcajada y señaló hacia la calle. Los dos vieron cuando el Opala entró a la ciudad seguido por una nube de polvo rojo.

Vamos a hacerlo hoy, Brito.

¿Cuál es el plan?

12

El chorro se estrelló contra la pared.
Ay, puta.
Ella se apartó con las manos en alto y los ojos asustados. Vio que el hombre curvaba el cuerpo hacia enfrente. Había dolor en su rostro.
El hombre era un especialista en encontrar personas que, por un motivo u otro, no deseaban ser encontradas. Era bueno en eso. El piloto se había cortado el cabello casi a rape y se había dejado la barba. Sólo salía a la calle con anteojos oscuros. Pero todo fue inútil. El hombre lo había encontrado.
Denis conocía su fama. Contaban que, en una ocasión, había pasado casi dos años en la pista de un hombre que había desfalcado a su socio. Sólo descansó cuando consiguió hallarlo. Funcionaba de la siguiente manera: si alguien salía con una payasada que valiera la pena, lo mandaban llamar. Él iba y lo resolvía. De ahí su fama.
Denis podía ser considerado una payasada de las grandes. Se había robado un avión cargado con 42 kilos de cocaína pura. No le había tomado mucho tiempo preparar su jugada y hacer los contactos. En un día de

humaredas provocadas por los incendios, despegó de Piso Firme y, desviándose de la ruta, aterrizó en una pista clandestina de una hacienda en Paraguay.

Los tipos incluso le compraron el monomotor.

Estaba claro que iban a llamar a alguien como Lucas Cerqueira.

El piloto no sabía cómo era su rostro. Pero, al verlo, supo al instante de quién se trataba. También supo que, para él, todo se había terminado.

Mientras esperaba en el hotel, Denis pasaba la mayor parte del tiempo echado en la cama, impaciente. En la televisión, sólo miraba dibujos animados y clases de gimnasia para amas de casa con sobrepeso. No veía la hora de irse de aquella pocilga polvosa. Odiaba Paraguay. No confiaba en los paraguayos.

Tocaron a la puerta. Una voz femenina anunció que necesitaba limpiar el cuarto.

El piloto pensó en la maldita mujer que, la tarde anterior, había interrumpido su siesta. Ocultó la 7.65 bajo la almohada y abrió la puerta, listo para mandar a la camarera a la mierda de nuevo. Pero se topó con Lucas.

Era más bajo de lo que Denis imaginaba. Fuerte y atento. Un rostro de rasgos toscos y ojos rudos. Tenía una edad indefinida, entre los cuarenta y los cincuenta, más cerca de los cincuenta. El cabello, bien cortado, se le estaba poniendo gris.

Lucas picoteó la barriga del piloto con la punta del arma.

¿Pensaste que te ibas a escapar?

Denis alcanzó a ver a la camarera que volteaba para mirarlos, mientras se alejaba por el corredor. Parecía muy satisfecha.

Lucas lo empujó hacia dentro del cuarto, cerró la puerta y le extendió las esposas.

Colócatelas, por favor. Con las manos para atrás.

Sólo entonces revisó al piloto. Después le pidió que se sentara en el piso, recargado en la pared. Su voz sonaba tranquila, sus gestos eran educados.

Lucas revisó el armario, abrió la maleta de Denis y comenzó a aventar por el cuarto pantalones, camisas, trusas y calcetines, pero continuó buscando entre la ropa. El piloto calculaba si tendría alguna oportunidad de alcanzar la 7.65 escondida bajo la almohada; pero estaba en una posición pésima para intentar cualquier movimiento. Lucas tomó la cartera del buró, examinó los documentos y contó el dinero. Después dio una rápida espiada al baño.

¿Adónde pensabas largarte? ¿A Miami?

Denis dijo que aún no lo decidía. Era mentira.

Miami está bien, Lucas se sentó en la cama y prendió el celular. Me dijeron que ni siquiera necesitas hablar inglés para arreglártelas por allá. ¿Tú crees que sea verdad?

Las esposas le estaban cortando la circulación al piloto. Con grandes esfuerzos deslizó un poco el cuerpo, a fin de aliviar la presión que tenía sobre los brazos. Lucas no habló mucho al teléfono, escuchó más de lo que dijo. Cuando apagó el celular, miró a Denis.

Miro viene para acá. Personalmente.

Denis recibió la información con un escalofrío. Vio que Lucas colocaba una almohada sobre la otra para recostarse. Acabaría por descubrir la 7.65. Las ganas de orinar que el piloto sentía parecieron empeorar.

Lucas le subió el volumen a la televisión. La presentadora de un programa infantil cantaba y bailaba junto a niños disfrazados de animales. Vestía una minifalda deslumbrante.

Necesito mear.

Lucas Cerqueira no pudo contener la risa.

Es tu problema.

Es en serio.

Jódete, carajo.

La cámara enfocaba a la presentadora en *close*. Lucas se impacientó, quería verle las piernas.

¿Cómo me encontraste?

Lucas suspiró. Justo en el instante en que las piernas de la rubia aparecían, respondió, sin mirar al piloto:

¿A qué muladar te veniste a esconder? Mira: incluso sé dónde está el avión. El polvo ya voló. A esta hora ya hay gente metiéndoselo en el mercado. Lo único que no encontré fue el dinero.

Denis se movió. El metal de las esposas volvió a cortarle la circulación.

Está bien escondido, dijo.

Lucas lo miró con una sonrisa que no mostraba los dientes. El piloto también sonrió.

Es mucho dinero.

No me interesa, dijo Lucas.

Y concentró su atención en la televisión. La cámara se movía en ángulos peligrosos alrededor de la rubia; siempre estaba a punto de mirarle los calzones. Denis encogió las piernas. Iba a orinarse en cualquier momento.

Piénsalo bien: es tanta plata que no puedes creerlo.

Los comerciales interrumpieron el programa, lo cual irritó a Lucas. Denis siguió hablando.

Si nos arreglamos, te podrías quedar con todo.

Hazme un favor: cállate la boca.

Sólo te estoy pidiendo que pienses en el asunto...

Haz lo siguiente: cuando llegue Miro, a él le contarás dónde escondiste el dinero, ¿me explico?

¿No te interesa saber a cuánto asciende el dineral del que te estoy hablando?

Lucas alcanzó la lista telefónica que estaba sobre el buró y arrancó algunas páginas. Luego hizo una bola con ellas.

Nunca me cayeron bien los pilotos. Son una raza de puta.

Carajo, es un dineral...

Denis no pudo terminar la frase: con la mano derecha, Lucas le apretó la garganta, y con la izquierda, le hundió la bola de papel en la boca.

Me vas a disculpar. Pero quiero ver el programa y me estás distrayendo.

Lucas volvió a recostarse sobre las almohadas. Denis sintió el líquido tibio que encharcaba sus muslos. Había liberado la vejiga mientras Lucas le apretaba la garganta. El matón ni se dio por enterado. El piloto pensó en Elaine. ¿Qué iba a pasar con ella?

Elaine salió de la terminal de autobuses y atravesó la calle de terracería. Terminal era una forma de describir una ventanilla para la venta de boletos, minúscula, dentro de un bar de paredes grasosas. Niños boleros con sus cajones y niñas con sus cajitas de dulces y chocolates asediaban a los que bajaban de los autobuses. Los hombres que estaban haciendo tiempo en la puerta del bar-terminal murmuraron comentarios maliciosos al paso de Elaine. Ella usaba unos anteojos oscuros y una pañoleta en la cabeza.

Al cruzar la calle, miró hacia atrás para verificar que nadie la seguía, y entró en una tienda que parecía vender un poco de todo. Casi veinticuatro horas antes, Elaine había dejado su auto en un estacionamiento de media pensión en Campo Grande. Había necesitado dos autobuses para llegar ahí. Un viaje de pesadilla. Aún no conseguía tranquilizarse por completo.

Una mujer gorda amamantaba a un bebé detrás de la barra e insistió en levantarse cuando Elaine entró. Ella le hizo gestos de que no interrumpiera lo que estaba haciendo, que sólo quería mirar las cosas de la tienda. Se le había ocurrido una idea que tal vez sirviera para calmarla. Una más de sus bromas. Su lado lúdico.

Para recorrer el último trecho de su viaje, había tenido que hacer una parada en Jardim, cuando comenzó a anochecer. A su lado, en el autobús, se sentó un hombre mal encarado, que apestaba a sudor amargo. De inmediato, la miró con deseo; Elaine presintió problemas.

El hombre le hizo plática, y muchas preguntas. Varias veces, mientras hablaba, tocó la pierna de Elaine. Ella creyó que quería pasarse de listo. En la primera parada que hizo el autobús, se bajó y entró a la tiendita de chucherías del puesto. Compró un estilete para abrir correspondencia. Uno que tenía una higa en la punta. A Elaine le pareció una buena señal. Le haría falta suerte.

De regreso al autobús, reclinó su asiento y le avisó al hombre que iba a dormir. Él le dijo que le parecía una idea perfecta y se volteó de lado. Elaine se relajó y casi se había dormido cuando sintió la mano deslizarse por sus senos.

Fue un golpe seco. De encima para abajo. El estilete penetró hasta el fondo el muslo del hombre, antes de que ella lo jalara de vuelta. El hombre aulló.

Desgraciada.

Cuando el chofer detuvo el autobús y encendió las luces, el hombre estaba de pie en el corredor, con la mano sobre la herida. La sangre comenzaba a mancharle el pantalón.

Después de mucha discusión, el viaje prosiguió, dejando de pie a un hombre mal encarado y cojo. Pero eso no fue suficiente para que Elaine se tranquilizara.

Lucas Cerqueira estaba viendo caricaturas cuando tocaron a la puerta del cuarto. Se levantó con el revólver en la mano y miró al piloto.

¿Estás esperando a alguien?

Denis negó con la cabeza. Estaba sentado sobre un pozo de orina y eso era apenas una de las cosas que lo incomodaban en aquel instante. Las muñecas le dolían. La mandíbula y la lengua también, porque la usaba para tratar de librarse de la bola de papel que lo estaba sofocando.

Lucas se recargó al lado de la puerta. Tenía el revólver engatillado.

¿Quién es?

Gladys.

Qué voz tan insinuante, comentó Lucas. Y le cerró el ojo al piloto antes de abrir la puerta.

Aunque no trajera tacones, Gladys sería más alta que él. Era joven y, a pesar del maquillaje y del lápiz de labios manchado, muy bonita. Era una falsa rubia; como se podía comprobar gracias al escote, casi no tenía senos. Era la puta más bonita que Lucas había visto, y también la que usaba el perfume más dulce. Él la dejó entrar y cerró la puerta. Estaba sonriendo cuando se dirigió al piloto.

¿Quieres decir que tenías planeada una fiesta y no me contaste nada?

Lucas agarró la mano de Gladys y la obligó a darle la espalda. Le gustaron mucho sus piernas. Casi enseguida el perfume se adueñó del ambiente. Él comenzó a desabotonarse el pantalón.

Vas a atenderme a mí primero, ¿verdad?

Ella miró al piloto, Lucas la agarró del brazo.

¿Hay algún problema si tenemos público?

Los ojos de Gladys brillaron y se pasó la lengua por los labios. Lucas calculó que estaba drogada.

Al contrario. Me dan más ganas.

Oír eso calentó a Lucas. Gladys se arrodilló y le sacó el pene semiflácido del pantalón. Se dedicó a masajearlo y cuando usó los labios, Lucas cerró los ojos y se recargó contra la pared. Gladys era buena para eso, muy buena. No tardó en conseguir que Lucas frunciese el rostro y apretara los dientes. La ola venía en camino.

Gladys disminuyó el ritmo, lo que hizo que Lucas se retorciera de placer. Ella tenía experiencia, pensó Lucas, sabía de estas cosas.

De repente, Gladys paró. El placer dio lugar a la rabia. Él abrió los ojos, vio que ella buscaba algo en su bolsa.

Voy a ponerte un condón.

Lucas se estremeció.

Hija de la chingada, no puedes parar ahorita.

Él la agarró de los cabellos y la jaló de vuelta. Pero sólo trajo la peluca rubia en las manos y se fue de espaldas contra el muro. Desequilibrado, no llegó a entender lo que estaba ocurriendo. El estilete entró al lado de su clavícula, en la base del cuello. Fue un golpe profundo.

El chorro de sangre se estrelló contra la pared. Él gimió dos palabras.

Ay, puta.

Ella se apartó con las manos en alto y los ojos asustados. Vio que el hombre curvaba el cuerpo hacia delante. Había dolor en su rostro.

Lucas Cerqueira cayó de frente y su cuerpo golpeó el piso.

Ella gritó y tan pronto vio la sangre en su mano la limpió en su vestido. El piloto se arrastró sobre la orina. Cuando ella se agachó, él murmuró con dificultad el nombre de ella, el nombre verdadero, y los dos sollozaron. Denis todavía traía buena parte del papel en la boca.

Elaine lo libró de las esposas, él se levantó escupiendo papel y tallándose las muñecas, y la abrazó. Se quedó viendo el cuerpo caído de bruces sobre una poza de sangre, que poco a poco iba aumentando de tamaño.

Necesitamos salir de aquí ahora mismo. Tu papá viene para acá.

¿Qué vamos a hacer?

Denis miró a Elaine: estaba perfecta con su disfraz de puta decadente, incluso sin la peluca rubia.

Él no va a descansar hasta matarme.

El piloto señaló al cadáver en el suelo. Lucas había muerto con los ojos abiertos. Era como si hubiera un poco de sorpresa en su rostro. Un poco de sorpresa y un poco de dolor.

A chingadera, chingadera y media, dijo Denis. Ahora me toca a mí.

Salieron de prisa del hotel, no tardarían en descubrir el cadáver en el cuarto. El piloto había confiscado los documentos de Lucas, a fin de retrasar su identificación. Elaine y él necesitaban tiempo. Los dos entraron en una tienda al final de la cuadra, la misma en que Elaine había comprado el vestido y la peluca hacía menos de media hora. La gorda la reconoció y le sonrió. El bebé dormía en un carrito junto al mostrador.

El piloto le pidió la bolsa que le había dado a guardar a la mujer dos días antes. Ella apartó las cortinas de tiritas y desapareció en el otro cuarto. Al volver le entregó a Denis una pesada bolsa de lona. Éste pagó y arrastró a Elaine por la calle de terracería, rumbo a la estación de autobuses. Elaine seguía vestida de puta y tenía problemas con los zapatos de tacón. El piloto sabía que llamaban la atención, pero no tenía tiempo para pensar en otra cosa.

Ninguno de los taxistas aceptó llevarlos: los taxis no podían cruzar la frontera, o tendrían problemas para mostrar la documentación adecuada. Denis no entró en pánico porque vio, a menos de cincuenta metros de allí, los autos estacionados atrás del alambrado de una concesionaria, todos con el precio garabateado en blanco sobre el parabrisas.

El piloto escogió un Maverick rojo, oxidado en varios puntos de la carrocería pero con los papeles en orden, y pagó en efectivo. El hombre de la concesionaria le garantizó que el auto tenía motor, mínimo, para recorrer más de cincuenta mil kilómetros.

Denis y Elaine tomaron la carretera. Se relevaron al volante, conduciendo día y noche hasta llegar a Brasilia.

13

Las cosas importantes dichas de modo prosaico.

Brito se medía una camisa en el probador de una boutique masculina. Siempre le pedía a Marlene que le escogiera la ropa. El rostro de ella, sólo el rostro, apareció entre las cortinas y se le quedó viendo. Se miraron por el espejo del probador.

Dime una cosa, Brito: ¿eres feliz? ¿O infeliz?

Él se fajó la camisa dentro del pantalón. Observó que estaba echando barriga.

Las dos cosas, creo.

Marlene saboreó la respuesta por un tiempo. Luego sonrió y dijo, antes de que su rostro desapareciera entre las cortinas:

Te quedó bien esa camisa.

Brito y Marlene.

¿Por qué había funcionado? Los dos tenían los mismos deseos. Eso era lo que él pensaba. Y ella también, de un modo más realista: creía que eran dos personas sin objetivos muy claros. Por lo tanto cada uno se apoyaba en el otro. Porque es necesario apoyarse en alguien en este mundo.

En una escala de cero a diez, ella diría que la suya era una felicidad nivel siete. Pero era lo máximo que había alcanzado hasta entonces. Brito era un hombre casero. De grandes silencios. Marlene lo comprendía y aceptaba, se llevaba bien con el silencio. Él se quedaba quieto en el cuarto, ni siquiera encendía la televisión. Se quedaba recostado, con las manos atrás de la cabeza, recordando u olvidándose de cosas que había dentro de él. Cosas malas, a juzgar por su rostro. A ella no le molestaba, aprovechaba para ocuparse de la rutina doméstica. De repente, Brito se levantaba, como si hubiera completado una penitencia, se sacudía el polvo y la invitaba a cenar a una cantina italiana del barrio de Bixiga, que a ella le gustaba mucho.

La suya era una convivencia fácil. Brito tenía nociones aceptables de higiene, no roncaba cuando dormía y nunca levantaba la voz. Difícilmente se enojaba, ni cuando los representantes de esas religiones alternativas lo abordaban en la calle, cosa que a ella la volvía loca –eran invasivos, y no dejaban de ir tras ellos.

Brito siempre estaba armado, pero evitaba que Marlene lo viese. Al llegar de sus viajes, siempre le traía un recuerdo.

Hablaban de amor con indirectas; igual que el noventa por ciento de las parejas.

Un deseo secreto de Marlene: haber conocido a Brito antes, cuando él era más joven. Creía que era posible ajustar a un hombre, siempre que no hubiera rebasado los treinta. Después de esa frontera, aseguraba, era más fácil enseñar a un chimpancé a leer.

Por iniciativa propia, Marlene le contó cómo había sido su primera vez. Un desastre que ella había transformado en una buena anécdota. Ni se acordaba bien, sólo se acordaba que el tipo estaba tatuado. A Brito le divirtió la historia.

Él nunca mencionó a ninguna mujer. Ni a su madre. Marlene lo lamentaba. Presentía que habría buenas historias que le encantaría conocer, pero no se atrevía a preguntar. Ella conocía bien a las mujeres. Veía muchas todos los días, sabía de lo que eran capaces.

Brito era fanático de la televisión. Leía muy pocas veces (revistas y cómics, nunca libros) y no se interesaba por la política. Tal vez ni supiera a ciencia cierta quién era el presidente de la República.

Ella le llegó a proponer que, si quisiera, Brito podría dejar su trabajo. El dinero de ella bastaba para los dos. Brito respondió que si quería, Marlene también podía dejar lo que ella hacía. Él ganaba lo suficiente para ambos.

Pero Brito jamás aceptaría vivir a costa de una mujer. Ya había hecho cosas peores para no tener que pasar por eso. Tampoco Marlene aceptaría que un hombre la mantuviera. Había hecho cosas pavorosas para no tener que aguantar eso. Sólo una vez estuvo a punto de sucumbir: con el general. Pero la experiencia le disgustó.

Ninguno de los dos consideró mucho tiempo la propuesta del otro. Ni por un segundo. Eran un par de cabezas duras.

Tal vez, si las hubieran planteado más tarde; pero no tuvieron tiempo.

Marlene sólo descubrió que era la primera mujer de la que Brito se había enamorado en su vida al final, cuando ya no había nada que hacer.

Todos los meses, Marlene mandaba dinero a su madre, al interior de Bahía. Brito llegó a conocerla, la madre de Marlene los visitó durante una semana. Era una viuda que vivía bien su vida, excelente cocinera. Brito la recibió con educación, pero después se mantuvo aparte y se dedicó a sus cosas; se escandalizó cuando descubrió que la mujer conocía al detalle el trabajo de la hija.

Ella era Escorpión, Brito era Tauro. Pero ninguno de los dos leía el horóscopo.

A ambos les gustaba mucho estar en la cama.

La verga de Brito la llevaba a lugares a donde había ido pocas veces con otros hombres. El coño de Marlene era un camino que a él le fascinaba recorrer. Una de las raras mujeres con quien él, de verdad, se sentía a gusto en la cama.

Pero la enfermedad ya venía en camino.

Brito y Marlene acababan de ver, de nuevo, una película de gángsters en la videocasetera. Fue por sugerencia de ella, porque le gustaba el actor que interpretaba al villano. A él, en general, las películas policiacas le parecían fantasiosas. Los tipos tiraban siempre a la cabeza. En la vida real no era así.

Marlene se levantó y fue hasta la cocina, para servirse helado del refrigerador. Brito no quiso. Tenía agruras.

Ella regresó a la sala y se sentó con las piernas encogidas en el sofá. El resto del helado se lo comió directamente del bote. Se quedó en silencio, mirando a Brito: la atención de él se concentraba en un documental sobre el exterminio de elefantes en Kenia.

Hacía diez meses que vivían juntos. Habían empezado justo en esa fecha. Marlene no esperaba que Brito se acordara y no se decepcionó. Nada podría decepcionarla aquel día. Ella guardaba una alegría secreta.

Marlene había resuelto que quería ser madre.

Brito había notado que ella se comportaba de modo extraño en los últimos días. Extraño, no; diferente. Los cazadores de marfil estaban disparándole a la policía, aseguró él. Había mucho dinero en juego. Marlene tenía algo que decirle, Brito lo sabía. Y lo dijo justo en el momento en que la escena de un joven elefante, caminando alrededor de la madre abatida, dejaba a Brito entristecido.

¿Qué pensarías de ser padre, Brito?

¿Entonces era eso? Él casi rio mientras apretaba la tecla del control remoto y apagaba la TV.

A Brito no le interesaban los niños. No era una cuestión de que le gustaran o no: le eran indiferentes. Pero además sabía que no quería ser padre.

Ya lo pensé, sí.
¿Y?
No quiero tener hijos.
Marlene raspó el fondo del bote con la cuchara. Y apretó todavía más los ojos. Brito no conocía la expresión que vio en su rostro.
¿Es definitivo?
Sí.
Ella llevó el bote de helado a la cocina. Cuando regresó, se acostó en el sofá y apoyó la cabeza en el pecho de Brito. Él pensó que Marlene iba a llorar. Pero ella sonrió mientras lo miraba a los ojos.
¿Y si te lo pidiera?
Brito puso el dedo sobre un lunar en su cuello.
¿Me lo pedirías aun sabiendo que yo no quiero?
No, dijo Marlene.
Y continuaba sonriendo.
Brito recordaba con frecuencia esa plática. Aquélla en la que empezó a rajarse la represa. A veces pensaba que debía haberle explicado sus razones: no quería tener un hijo porque podía morir en cualquier momento. Era parte de su trabajo, sucedía todos los días con sus colegas. Sabía cuál era su condición: un hombre con los días contados. Era un hombre prescindible.

Dentro de su propia escala de felicidad, Marlene diría que ella y Brito acababan de descender al nivel 6. Cuando se fueron a la cama esa noche, ella comentó que cumplían diez meses de estar juntos.
Ya lo sé, dijo Brito.

Y salió de la cama para buscar el regalo que le había comprado tres días antes. Una cajita de música, con un tema que a Marlene le gustaba silbar. Un vals. Hicieron el amor. Sin protección, como venían haciéndolo desde hace meses. Brito no tenía manera de adivinarlo, pero fue la penúltima vez que estuvieron juntos.

Brito y Marlene. ¿Por qué no funcionó? Tenían los mismos deseos, por lo menos al principio, pensó Brito. Él y Albano esperaban en el auto, en una calle detrás de la feria. Alcanzaban a ver la puerta del garaje y parte de la reja de la casa. Sólo un ojo entrenado conseguiría distinguirlos dentro del auto.

Brito había reclinado el asiento y fingía dormir, para poder pensar sin ser interrumpido todo el tiempo por Albano. Era cerca de mediodía, el cielo estaba claro y la temperatura era agradable. Albano chupaba naranjas. La tierra roja del lugar se había instalado en los limpiadores del parabrisas.

¿Qué hacer con esos recuerdos? Brito creía que sólo le quedaba almacenarlos junto con las culpas, los dolores y arrepentimientos. El peso que le tocaba a cada uno en la vida. Era lo único que él podía hacer. No conseguía liberarse de ciertas cosas.

Su nombre, por ejemplo. Luego de su primera salida, habló con Marlene sobre el asunto. Ella le dijo que estaba equivocado, que el nombre era bonito. Él le explicó que lo detestaba. Fue suficiente: Marlene nunca lo llamó *Gildo*.

La enfermedad ya existía, aunque ninguno de los dos lo supiera. Vino con ellos.

Después de que acabó todo, Marlene regresó al edificio una sola vez. No sabía bien lo que quería ni estaba segura de querer entrar. Se detuvo en la puerta, arrepentida de haber ido hasta allá. Al volverse para salir, casi tiró a la vecina y a su hijo, que llegaban del mercado sobre ruedas. Se disculpó y se alejó, sin saber qué había querido decir la vieja cuando le preguntó por el gato. Pensó que se refería a Brito.[1] Y huyó.

La enfermedad.

Marlene recogió un saco de Brito. Tenía una mancha en la solapa, debía mandarlo a la lavandería. Vació los bolsos. Encontró un pañuelo, monedas, una tarjeta telefónica y una fotografía: un hombre sonriente, de traje, que parecía un político. Una buena foto.

Ella dejó todo sobre la mesa de la sala y, en la noche, advirtió que las cosas ya no estaban ahí. Se olvidó del asunto.

Al día siguiente, un amigo de Brito apareció en el departamento y comió con ellos. Marlene tuvo la impresión de que el hombre había hecho un gran esfuerzo por parecerle simpático. Pero no sirvió de nada:

---

[1] A los hombres y mujeres atractivos se les llama "gatos".

era uno de esos sujetos que nunca están cómodos en presencia de una mujer, a no ser que le hayan pagado. Ella los conocía bien, aparecían muchos de ellos por su negocio nocturno.

No se puede decir que Albano le haya caído bien. Se dio cuenta de que él evitaba mirarla directamente, manteniendo su atención en lo que Brito decía. El problema era que Brito decía muy poco.

A Marlene, Albano incluso le pareció falso. Ella vestía una falda. Y cuando se agachó para agarrar una servilleta que se le había caído, notó la manera como le miraba las piernas. Brito tenía un amigo extraño. Todo el tiempo tenía un encendedor en la mano. Ella pensó que en cualquier momento les pediría un cigarro. Pero no. Ninguno de ellos fumaba.

¿La enfermedad? Venía en camino.

14

Valdomiro Menezes pesaba exactamente 147.8 kilos ese día. Sin ropa. Lo sabía porque se había pesado esa mañana, antes del baño. Su humor, que ya no era gran cosa, empeoraba día a día, desde hace casi una semana. Motivos no le faltaban.

Miro sufría con una nueva dieta, la tercera del año, impuesta por su mujer. La propuesta era que el hombre sólo comiera frutas, sobre todo frutas de colores, que le servirían combinadas en una sola comida. Una dieta de inspiración mística. Había pasado casi una semana y su cuerpo apenas había adelgazado miserables ochocientos gramos. Parecía que hasta un vaso de agua lo hacía engordar.

No quería que nadie volviera a mencionarle la existencia de las frutas en su vida. Soñaba con pastas, salsas, antojitos. Salía de la cama para abrir el refrigerador en la madrugada y temblaba de ver el tazón con la ensalada de frutas que le había preparado la cocinera. Miro estaba convertido en una pila de nervios, que empeoraba a cada minuto. Un poco más y estaría fuera de control. Su hermano Abilio fue el primero en sentirlo.

En la época de los incendios, cuando un avión sale de un punto y no llega a su destino, todo mundo piensa en un accidente. Y la noticia no tarda en circular. Sin embargo, no había ningún registro de que hubiera caído un avión y Miro sabía que Denis era un piloto cuidadoso y con experiencia.

La segunda hipótesis: que la policía había incautado la carga. Pero también en este tipo de casos la noticia no tarda en difundirse. Y él no había recibido ninguna información a propósito del piloto.

Había una tercera posibilidad, más remota: otra cuadrilla podría haber interceptado al avión, una de las faltas más graves en el código no escrito de contrabandistas y traficantes. Raras veces sucedía. Funcionaba como una declaración de guerra y a nadie le gustaba eso. No era bueno para los negocios.

Pensar que el piloto había huido con el avión era una idea idiota. Un delirio. Un delirio tan grande que ni siquiera el hambre que Miro Menezes sentía durante buena parte del día conseguía justificar. Hacía más de doce horas que esperaba cualquier tipo de información. El dolor de su estómago sirvió para dejarlo aún más ansioso. Hasta que resolvió que era hora de hacer algo.

Miro no veía a su hermano desde la víspera, Abilio seguro andaba en Porto Velho, cazando novios.

Albano y Brito estaban incomunicados en algún punto de Acre. Debían ocuparse de un sindicalista que se la había jurado a muerte. Miro sabía que Albano conservaba el celular apagado durante la mayor parte del tiempo. (Todos conocían la historia de Dionelio Bezerra, Lelé, un pistolero cuyo celular sonó cuando no debía, en medio de una emboscada. A Lelé le dieron dos tiros. Sobrevivió, pero quedó confinado a una silla de ruedas.) Albano tenía la costumbre de llamar para informar sobre la marcha de los trabajos. Miro no podía esperar. Mandó llamar a un especialista: Lucas Cerqueira.

El sindicalista que Albano y Brito buscaban se llamaba Josué. Había hecho tanto ruido con sus denuncias sobre el trabajo esclavo en Acre que se vio obligado a desaparecer de Río Branco durante un tiempo. Ya había escapado de dos atentados y decidió esconderse en un poblado cerca de Elvira, en la frontera con Perú. A Albano y a Brito les costó mucho trabajo descubrir su paradero. Tardaron casi dos semanas. Josué nunca supo qué tan cerca estuvieron los pistoleros de él. Y mucho menos que fue un telefonema de Albano, comunicando a Miro que habían hecho contacto visual con el blanco, lo que terminó por salvarle la vida.

Pero eso fue después.

Miro entraba a la oficina de la hacienda justo cuando el teléfono sonó. Reconoció enseguida la voz de Lucas

Cerqueira. Pero recibió una buena noticia: Lucas trabajaba de prisa y con eficiencia, como siempre. El piloto estaba esposado en un cuarto de hotel en una polvosa ciudad de Paraguay. Le pidió a Lucas que no le hiciera nada, que esperara a que él llegara. Ya iba en camino. Lo que más deseaba en el mundo era encontrarse personalmente con Denis. Iba a arrancarle la cabeza.

Miro le dejó un recado a su hermano: iba a Paraguay a buscar al avión y al piloto. Viajaba preocupado: hacía dos días que no tenía noticias de Elaine. Era probable que de nuevo estuviera en Río, lo que aumentaba aún más su irritación. Jamás le pasaría por la cabeza a Miro que su hija hubiera huido de casa para encontrarse con Denis en Paraguay. Y mucho menos que en el cuerpo de ella ocurriese un proceso que lo convertiría en abuelo.

Miro llegó a Paraguay en el instante exacto en que, a millares de kilómetros de distancia, Albano y Brito vieron a Josué por primera vez. El sindicalista conversaba con un vecino enfrente de la casa, despreocupado. Parecía sentirse muy seguro, y no había razón para pensar lo contrario, refundido ahí, en el fin de mundo, en el umbral de la selva. A Albano le gustó lo que vio, y comparó el rostro del tipo con la foto que llevaba. El trabajo sería fácil. Él y Brito sólo debían pensar en la retirada. Albano prendió su celular, pero no había señal, así que dejó para más tarde la llamada a Miro.

Sería ese día, le avisó Albano, así que dejaron atrás la calle donde estaba la casa de Josué. Había un corredor extenso junto a la casa: esperarían a que oscureciera y entrarían por atrás. Sabían que el sindicalista estaba solo.

¿Y si tuviera perro?

Ah, Brito, con un carajo.

Albano se estacionó cerca de una placita de flores y árboles flacuchos y de mata vigorosa y abundante. Sentada en una banca de madera, una nana vigilaba a dos pequeños que jugaban en un tren. *Un tren* era una forma de llamarlo: media docena de grandes tubos de drenaje colocados en fila y pintados de colores ya desmanchados. Los pequeños eran pelirrojos. Parecían divertirse bastante. El restaurante en una de las esquinas ya estaba abierto, pero todavía era temprano para comer. Brito miró a la mujer, que sonrió. Albano bostezó.

¿Crees que haya algún putero por aquí cerca, Brito? Podríamos pasar una tarde agradable.

A Brito le había gustado la nana: una mujer de piel oscura, cabellos gruesos y negros y rasgos delicados. Debía tener sangre india.

¿Quieres saber lo que pienso? Si hay algún putero debe ser muy corriente, dijo Albano. De mujeres a trece pesos.

Brito se rio.

Todos los puteros son iguales, Albano.

Albano también rio.

En eso estás equivocado. Ya fui a muchos puteros buenos. A negocios para tipos con clase, privados.

Sólo para gente bien. Hay uno en São Paulo, a donde a Miro le gusta ir, qué te voy a contar. Sólo hay mujerones de primera.

Brito ya no rio más.

Universitarias, ¿lo conoces?

Brito miró a Albano, alerta a sus palabras.

Casa da Bruna...

Él cerró los ojos y levantó la cabeza, como si aspirase un recuerdo agradable. Brito sintió una puntada en el estómago. Todas las mujeres que trabajaban para Marlene decían que eran universitarias –y algunas lo eran, de verdad. Albano se tronó los dedos.

Y la dueña de la casa, Bruna, está buenísima.

Brito tragó en seco. Miró a la nana: ella leía un libro, sosteniéndolo en el regazo. Los pequeños imitaban el pitido de un tren y corrían por el interior de los tubos.

El problema es que ella cobra muy caro el servicio.

Esta mujer, ¿también recibe clientes personalmente?

Ay, claro, ¿por qué no lo haría, Brito? Una puta siempre es puta, no porque se convierta en madame dejará de putear.

Brito pensó en un terreno minado. Miró a Albano a los ojos, en busca de algún indicio. No encontró nada. Albano estaba muy serio.

Por ejemplo: si algún figurón, uno de esos políticos, va para allá, va a querer enseguida a la mejor mujer de la casa, ¿no lo crees? Es una cuestión de prestigio. El dinero no es problema para ese tipo de personas. Por lo tanto, quieren cogerse a la dueña. Si es bonita, claro. Y esa Bruna es muy cachonda.

Brito abrió la puerta del auto. Sentía que se le revolvía el estómago.

¿Qué te pasa?

Nada, dijo Brito.

Y salió del auto. Albano hizo lo mismo.

Te pusiste blanco de repente. ¿Te sientes bien?

Brito respiró profundamente y sonrió. Pero continuaba con náuseas. Señaló el restaurante.

No es nada. Vamos a tomar una cerveza y se me va a pasar.

Marlene era una madame, no había manera de negarlo, pero a Brito eso no le molestaba. Algo muy diferente lo perturbaba: ¿Albano la había reconocido y sacaba ese tema para burlarse de él?

Mientras el mesero llevaba una cerveza a la mesa, Brito examinó con atención el rostro de Albano. No, estaba equivocado, Albano parecía haberse olvidado del asunto. Sólo fue una coincidencia. Y brindaron.

Marlene era una madame. A Brito no le importaba. Pero sabía que, de cierta forma, eso tenía que ver con el fin.

Ocurrió así: Brito y Marlene cenaban en un restaurante de la avenida Arouche, después de ver el *show* de un humorista. Estaban relajados, se habían reído mucho. Marlene se levantó al baño y, a su regreso, Brito notó que se detuvo en una mesa ocupada por dos hombres.

Uno de ellos, el más viejo, se levantó para platicar con ella.

Primer indicio: a Brito no le gustó nada la manera como el hombre agarraba a Marlene mientras hablaba. Ella sonreía, a gusto, era evidente que había intimidad entre ellos. El hombre tenía los cabellos grisáceos y usaba un traje bien cortado. Era un hombre elegante. La mayoría de las mujeres diría que se trataba de un hombre maduro, bien conservado y carismático. Y encimoso, pensó Brito, viendo que mantenía la mano de Marlene entre las suyas.

Segundo indicio: aquélla era la primera vez que Brito sentía celos de Marlene. Celos de una puta. Una exputa. Brito se bebió el resto del vino y esperó. La conversación entre el hombre canoso y Marlene se prolongaba. Brito pagó la cuenta y salió del restaurante.

Cuando pasó cerca de Marlene, recibió una mirada rápida y una sonrisa. La misma sonrisa, imaginó, que ella dirigía a los clientes de su putero. El hombre lo ignoró.

Brito se metió al auto y encendió el radio. Enseguida lo apagó. Lo encendió y lo apagó de nuevo. Trataba de controlar las ganas de regresar al restaurante. Marlene apareció doce minutos después. Había llevado la cuenta en su reloj.

Albano tomó el celular y puso cara de satisfecho cuando escuchó el sonido de la línea. Usaba una gorra y anteojos oscuros, que le daban cierto parecido a un actor de novelas, uno que todo el mundo decía que era maricón. Brito no se acordaba del nombre del actor. En otros tiempos, le habría preguntado a Marlene, ella sabía de memoria todo sobre el tema.

Albano llamó a Miro. No llegó a contarle que había hecho contacto visual con el blanco, y que la fase tres del trabajo, la última, sería concluida ese mismo día. Miro lo interrumpió. A partir de ese momento, durante un buen rato, Albano se limitó a oír y repetir: sí, sí. Hubo un instante en que se persignó, Brito lo observó, curioso. Sabía que Albano tenía la costumbre de persignarse siempre que le avisaban de la muerte de un conocido.

Fue en ese instante que se salvó la vida del sindicalista Josué. Sin saberlo, ganó muchas horas extra: tres meses más. Después, otro pistolero logró abatirlo.

Cuando colgó, Albano clavó la mirada en el vaso de cerveza frente a él. Brito pensó que había entrado en uno de sus trances tan frecuentes y le tronó los dedos frente al rostro. Albano despertó.

Bébete la cerveza. Ya nos vamos.

¿Qué pasó?

Albano le hizo una señal al mesero.

Un asunto del carajo. Miro quiere que regresemos ahora mismo a la hacienda.

¿Qué pasó?

No entendí bien, Brito, pero parece que el piloto de Miro mató a Lucas Cerqueira allá en Paraguay. ¿Te imaginas esa mierda?

Brito no llegó a decir la palabra *carajo*. Sólo la pensó. Pero Albano se persignó una vez más, como si la hubiera escuchado.

15

El atardecer adquiría un color amarillo anaranjado tras la rueda de la fortuna de la feria. Un magnífico crepúsculo para anunciar la llegada de la primavera. Brito no conseguía entender cómo podía existir gente a la que no le conmovían bellezas como aquélla; como Albano, que prefería dormitar en el auto. Él se la pasaba repitiendo que a él sólo le gustaban cosas concretas, palpables, de preferencia, suaves.

Brito había resuelto estirar las piernas y deambulaba alrededor del terreno en el que la feria se había instalado, sin descuidar la casa que vigilaban. Poco a poco, las luces de colores de los puestos eran encendidas y le daban al lugar el sabor de un sueño. Pero de un sueño barato.

Brito atravesó a saltos un terreno cubierto por matas altas, se recargó en la parte trasera de un tráiler y orinó. Vio que el hombre del puesto de los hot dogs ya había abierto su negocio. Él y Albano habían pasado el día comiendo galletas en el auto, y Brito sentía que el estómago le ardía. Eran sus viejas compañeras, las agruras.

El hombre del puesto usaba un chaleco blanco, inmaculado, era amable y estaba de buen humor. Le informó que en cinco minutos las salchichas estarían en su punto. Brito dijo que regresaría más tarde.

El hombre del chaleco blanco también era un pésimo observador. Días después, describiría a Brito a la policía como un hombre alto, fuerte, de cabellos lacios. Brito no era ni tan alto ni tan fuerte y tenía los cabellos crespos. Albano, al que el hombre dijo recordar aún menos, fue descrito como rubio; sus cabellos eran claros, de hecho, pero castaños. En opinión del hombre, los dos sospechosos parecían estar allí para ligarse a las mujeres que trabajaban en la feria. Todos los días veía a tipos como ellos haciendo lo mismo.

Parejas jóvenes, agarradas de la mano, circulaban frente a los puestos. Ni las muchachas ni los muchachos eran guapos. La música resonaba, estridente, en los altavoces. Brito fue el primero en reparar en el panzón. Él apareció por la lateral del tráiler de la lectora de cartas, y le dijo alguna cosa a la joven que venía detrás de él. La estaba regañando. Ella vestía el mismo corpiño y short rojos con los que Brito la había visto anteriormente.

El panzón seguía hablando, con el dedo en alto. Ella lo oía, cabizbaja. Él le dio un manotazo en la cabeza. Ella permaneció inmóvil. Usaba zapatos deportivos blancos o, mejor dicho, habían sido blancos antes de que la tierra roja se colara hasta las entrañas del tejido. El hombre le hizo una última amenaza y después se alejó. La jovencita se metió al tráiler.

Cuando el hombre pasó, Brito no le quitó la vista de encima. El panzón lo saludó con una sonrisa. Brito no le respondió, pero aun así, el hombre se dio por satisfecho. Silbaba de un modo bovino. Brito lamentó no haber hecho nada en aquel momento. La humanidad necesitaba corregirse.

(Una vez, en Ji-Paraná, Brito tuvo que ir a escuchar las plegarias de un pastor con el que Miro tenía negocios. Era un buen orador, sabía hacer pausas dramáticas y cambios en la entonación de voz para enfatizar lo que decía. Brito notó que los fieles, un grupo de mestizos, la mayoría sin dientes, estaban muy impresionados. En una iglesia improvisada en una gran barraca, el pastor anunciaba que pronto vendría el caos. Tonterías. Una frase del pastor, a pesar de todo, se le quedó grabada: la humanidad necesita corregirse. De vez en cuando, Brito pensaba en esa frase.)

Vio a Albano salir del auto y recargarse en el cofre, con los brazos cruzados. Parecía despreocupado. Miraba con ensoñación la rueda de la fortuna, que había comenzado a funcionar para media docena de muertos de hambre. Tal vez soñara con prenderle fuego.

A Brito le caía bien Albano. Decían que era frío. A Brito le parecía una persona tranquila, aun en situaciones extremas, cuando lo más importante es mantener el control de los nervios. Siempre que no hubiera un perro cerca, pensó Brito. Él le tenía mucha confianza a Albano.

Albano había participado en el episodio de Foz, cuando Brito disparó a las rodillas de un mesero que se quiso hacer el simpático. Se armó la buena en el restaurante, un lugar de quinta, que funcionaba como punto de encuentro para contrabandistas. En cuanto Brito disparó, algunos hombres se levantaron de las mesas con sus armas listas. Una cosa frecuente en las fronteras. Albano sacó su revólver y avisó que iban a irse y que abriría fuego contra el primero que se moviera. Colocó el dinero de la cuenta sobre la mesa, miró al mesero que se retorcía en el piso, y salieron del restaurante. Pero eso pudo haber terminado en una matanza.

Sólo había algo que no le gustaba de Albano, además de su piromanía: Brito no había conseguido confirmar si él había visitado a Marlene.

Albano nunca volvió a hablar de la casa de citas, y Brito no se atrevió a preguntarle directamente. Había sido una coincidencia que tocara el tema, pensaba. Aun así, la duda permanecía, y se cocinaba a fuego lento.

En una cosa, sin embargo, Albano se equivocaba, creía Brito: Marlene ya no recibía a los clientes. A ningún cliente, ni siquiera a los más importantes. En una ocasión, Brito y ella conversaron sobre el tema. Una sola vez.

Brito se estiró en la cama para alcanzar el cajón del buró. Marlene lo jaló hacia ella.

No es necesario. Sólo dijo eso, mas para Brito sonó como una declaración de amor.

Después, los dos permanecieron abrazados: él, como siempre, en silencio. Marlene sabía que Brito quería preguntarle algo, incluso sabía cuál era la pregunta. Podía decirse que ésta flotaba sobre los dos en la penumbra del cuarto. A Marlene eso la divertía. Así que resolvió ayudarlo.

¿Y entonces, Brito?

¿Entonces qué?

Él la miró como si ella lo hubiera atrapado por una distracción. Fingía. Pero Marlene conocía a Brito. Creía que podría ser un gran actor.

Puedes preguntarme.

¿Preguntarte qué, Marlene?

Ella se acostó de espaldas, la cabeza sobre el brazo estirado de Brito, jaló la sábana y se cubrió los senos. Sonreía.

Yo sé que quieres hacerme una pregunta.

¿Yo? No...

Ella se rio más. Bajo la sábana le hizo cosquillas en la panza. O en su panza incipiente. Marlene había notado que Brito había engordado en las últimas semanas. Por llevar una vida mansa.

Vamos, Brito, pregúntame lo que quieras. Prometo no enojarme.

Pero no sé qué es lo que quieres que te pregunte.

Ella se volteó hacia él, se quitó los cabellos del rostro y apoyó la cabeza en su mano. De repente adoptó una expresión muy seria. Brito vio los pelos en la axila de Marlene. Él adoraba aquellas axilas.

Dime la verdad: ¿quieres saber si me estoy acostando con otros hombres?

Brito levantó las cejas, fue lo máximo que pudo hacer, para simular sorpresa. Si él hubiera formulado la pregunta, hubiera usado casi las mismas palabras.

Qué tontería, Marlene, eso nunca me pasó por la cabeza.

Y se rio, pero ella continuó con su seriedad.

Claro que lo pensaste. Hace un momento lo tenías escrito en la cara, cuando no dejé que te colocaras el condón.

Te equivocas...

Marlene besó los labios de Brito y alisó sus cabellos. El olor de ella llegó hasta él como una ola de felicidad.

No, no me equivoco. Voy a responder a esa pregunta que traes atorada desde hace días: tú eres mi primer hombre desde que murió el general. Puedes creerlo porque es verdad.

Te creo...

Fue una buena oportunidad para que Brito le dijera a Marlene que era la primera mujer de la cual se enamoraba. Pero la dejó pasar. Prefirió besarla en la frente, lo cual representó menos que un premio de consolación. Ella se recostó sobre su hombro y él pasó sus dedos entre su cabellera y su pecho.

Ya te lo comenté: parece que los hombres me tienen miedo. Nadie se me acerca. Tú fuiste el único que no se alejó, Brito. Era fácil ver que me deseabas.

Brito no se movió. Recordó el impacto que tuvo en su primer encuentro con Marlene. Entonces desperdició una nueva oportunidad. Prefirió colocar su muslo entre los de ella y volvió a acariciarla. En poco tiempo

la respiración de ambos se aceleró de nuevo. Era común que eso sucediera varias veces en una noche. Había mucho deseo entre los dos. Y amor también, que cada uno llamaba de forma diferente, pero que en el fondo significaba la misma cosa: confianza. Estaban a un paso de la complicidad.
Brito y Marlene.
Los buenos tiempos.

Aquella última noche, ella salió del restaurante doce minutos después de que Brito entrara en el auto. Él manejó en silencio durante muchas calles. No entendía bien lo que sentía, y no le gustaba nada. Brito trató de acordarse de alguno de los chistes que el humorista había contado en el *show*, horas antes, sobre una pareja de orangutanes, pero no lo consiguió. En su interior una fiera le roía las entrañas, una fiera que sólo conoció ese día. Fue esa fiera la que habló por él.
¿Quién es el viejo?
Marlene se aflojó el cinturón de seguridad, giró el cuerpo hacia él y lo observó.
Un amigo.
Un amigo. Brito se preguntó por qué no dijo *un cliente*. Y la fiera arañó con fuerza su estómago. (La verdad era que Brito tenía una úlcera de origen nervioso, pero nunca llegó a descubrirlo.)
Brito formuló otras preguntas, como: ¿Es un amigo *especial*? ¿Un examante? ¿Un cliente frecuente? Pero sólo lo hizo mentalmente y no llegó a pronunciar nin-

guna de ellas, y decidió continuar en silencio. Marlene le puso una mano en el muslo.

—¿Algún problema?

Lo pensó antes de responderle. Dijo que no y de nuevo se quedó inmóvil. Marlene creyó que conocía esa clase de silencio. Pero estaba equivocada.

No se hablaron al salir del auto, ni en el elevador, ni en la puerta del departamento. La fiera seguía excavando.

Cuando se sujetó el arma en el cinto, notó que Marlene estaba de pie, en la puerta del cuarto.

—¿Qué vas a hacer?

—Nada. Voy a salir.

Al pasar junto a ella, pensó que era una pena que eso estuviera sucediendo esa noche, justo cuando Marlene se veía tan bonita. Lo cual atizó aún más el dolor de su estómago.

Ella consideró la idea de impedir que saliera, pero se contuvo.

Vio en su rostro que aquél era un territorio de Brito que ella desconocía. Y tuvo miedo. Justo en el momento en que él iba a abrir la puerta, Marlene dijo:

—¿Vas a regresar a matarlo?

Brito percibió cómo el rostro de ella cambiaba de color y se ruborizaba.

—¿Es fácil hacer eso, Brito? ¿Es fácil matar a una persona?

Los dedos de la mano derecha de él se crisparon. Un espasmo involuntario. Él buscó una respuesta, pero no encontró nada adecuado para interrumpir el silencio que se instaló entre los dos. Marlene entró al cuarto, buscó en los cajones y regresó a la sala con un periódico doblado, que aventó al pecho de Brito.

Él se puso en cuclillas, pero no necesitó levantar el periódico del piso. Podía leer la noticia desde allí. Hablaba de un empresario asesinado en la región de Campinas. Traía estampada su foto: un hombre sonriente, de traje, que parecía un político. Una buena foto. La misma que Marlene había encontrado en la bolsa del saco de Brito.

¿Es así como te ganas la vida, Brito? ¿Matando gente?

Él se incorporó y miró su rostro congestionado: Marlene estaba llorando. Y temblaba.

Brito calculó que tenía dos opciones. La primera: abrazar a Marlene con fuerza y decirle un montón de palabras. Sólo que no sabía cuáles podrían ser esas palabras. Por eso, escogió la segunda opción y abrió la puerta.

Si te vas ahora, no vas a encontrarme aquí cuando regreses.

Él sintió una punzada en el estómago. La fiera clavaba sus garras en un único punto. La boca de Brito estaba amarga; su aliento, pesado. Marlene nunca había estado tan bonita. Salió sin mirarla. Y cerró la puerta.

Al principio, Brito manejó por las calles, luchando contra la idea de regresar al restaurante, hasta que consiguió alejarla.

Quería organizar las cosas en su cabeza. Estaba confundido. Más que confundido, aturdido. Creyó que conducir por las calles vacías iba a ayudarlo. El problema es que las calles aún no estaban vacías; a esa hora el tráfico era pesado.

Brito se estacionó cerca de un viaducto y entró en un billar. Un antro repleto de sospechosos, desde los que conversaban en la barra hasta los hombres que jugaban en las mesas o que veían los juegos sentados en sillas de metal. El empleado era un cascarrabias tatuado. Brito se sentó en una mesa y pidió cerveza y cachaza. Se acordó de que había tomado mucho vino en el restaurante. La mezcla sería explosiva, pero eso era lo que necesitaba. Una explosión. Tenía que sacar a la fiera que lo atormentaba.

Alternó tragos de cerveza y cachaza mientras observaba con atención a la fauna que giraba a su alrededor. Gente nocturna: maleantes, pequeños traficantes, desempleados. Gente de segunda, de todas las edades y colores, predominaban los de piel ceniza. En una de las esquinas, sentado sobre una pila de cajas de cerveza, Brito localizó lo que estaba buscando.

El hombre era grande, el más alto de aquel antro. También el más feo. Tenía el cabello casi rapado y un bigote ancho y oscuro; había conseguido meterse en una camiseta que le quedaba muy apretada. Uno de esos tipos a los que les parece una estupidez gastar dinero en un gimnasio, pues se pasan el día levantando peso y además les pagan por ello. Un estibador.

Le regresó la mirada a Brito, con esa seguridad que tienen ciertos hombres y mujeres, satisfechos con las dimensiones de su cuerpo. Brito se mantuvo concentrado y el grandulón infló un poco el pecho. Como si estuviera posando. Brito conocía el truco, lo había practicado con el curso de Charles Atlas. Y no desvió la mirada, hasta que el hombre se movió: había captado el mensaje.

Brito se tomó de un trago el vaso de cachaza mientras el otro se acercaba a su mesa.

¿Se te ofrece algo?

De cerca, el hombre era todavía más grande y tenía los dientes pésimos. Brito dijo que no. El grandulón lo estudió.

Entonces, ¿lo que quieres es compañía?

Brito respondió que no con un movimiento de la cabeza. El grandulón se rascó la oreja por detrás y un manojo de venas se dibujaron en su brazo. Estudió el rostro de Brito un poco más.

El grandulón trabajaba de madrugada, descargando camiones para las transportadoras de Canindé. Le gustaba la noche, ya había visto un poco de todo. Calculó que para que un camarada del tamaño de Brito se atreviera a provocarlo, o estaba loco o estaba armado. Brito bebió de su cerveza sin bajar la mirada.

El hombre sabía que había mucho loco suelto por la ciudad. Brito debía ser uno de ellos, concluyó. Un chiflado. No valía la pena.

Si se te ofrece algo, sólo pídemelo.

Brito levantó el vaso de cerveza, como brindando.

El grandulón regresó a su lugar sobre la pila de cajas. Y ahí quedó todo.

Carajo, ¿qué estoy haciendo en esta mierda de lugar?, fue el pensamiento que cayó en Brito como un relámpago. Se levantó, pagó y salió del billar.

Era una noche de perros.

De perros feroces.

Cuando Brito abrió la puerta del auto, dos jovencitos surgieron de una zona oscura, bajo el viaducto. Quince años cada uno, a lo mucho. Ambos negros. Enrollados en cobertores, como mendigos. Brito se recargó en la lateral del auto, de frente a los dos. El dolor en su estómago había pasado. La fiera estaba anestesiada.

El dinero, maricón. Rápido.

La mano del jovencito que habló empuñaba un largo cuchillo. La mano que Brito se llevó a sus espaldas, y que podría haber agarrado el revólver, regresó con la cartera. Sacó los billetes y se los dio a los jovencitos. El que traía el cuchillo los agarró.

Pásame también los documentos, vamos.

Brito sonrió. Una pena que la fiera se hubiera calmado.

No te voy a dar los documentos.

Los dos jovencitos intercambiaron una mirada. No estaban preparados para aquello. El joven del cuchillo todavía insistió:

Te voy a agujerar.

La mano de Brito ya empuñaba la cacha del revólver desde que les dedicó la sonrisa. Ninguno de los dos chicos se había dado cuenta. Dos primerizos.

Vámonos, Zito. Ya tenemos el dinero.

El niño del cuchillo vio que su compañero se alejaba. Miró a Brito por un instante, lo insultó y también desapareció bajo el viaducto. Brito entró al auto y se fue a su casa.

Marlene no estaba, había cumplido su promesa. Brito se acostó vestido sobre la cama y esperó despierto, con la luz encendida. Estaba seguro de que, por la mañana, ella estaría de regreso.

Pero quienes aparecieron fueron tres hombres de una empresa de mudanzas, para retirar las cosas de Marlene. Traían una autorización dirigida a Brito y una lista de lo que se llevarían. Él no se opuso, no era gran cosa. Ropa, zapatos, perfumes, la secadora de pelo, la bicicleta de ejercicios, una maleta con fotos. Pequeños objetos que llenaron tres cajas de cartón.

Lo que los hombres no se llevaron, y que pertenecía a Marlene, sirvió para alentar a Brito. Los libros y los discos, por ejemplo: ella debería volver a buscarlos. Entonces conversarían, ajustarían sus diferencias. Superarían la crisis.

Pero Marlene hablaba en serio y nunca regresó.

Brito le entregó un hot dog a Albano. Él traía el suyo en la mano. Albano sólo alcanzó a darle la primera mordida cuando le dijo con la boca llena.

Mira.

El portón del garaje de la casa se levantó y el Opala salió a la calle. Al volante iba el hombre con nariz de boxeador. Esperó a que el portón se cerrara y después arrancó. Iba solo en el auto.

Es hora, dijo Albano.

16

Valdomiro Menezes había renunciado a su dieta hacía 36 horas. Ya había recuperado casi un kilo de peso, pero aún lo ignoraba. Sólo sabía que si no dominaba sus nervios tendría un infarto si comía una sola rebanada más de piña. Pero el mundo conspiraba para encabronarlo.

El abogado de Brasilia se lo había advertido: él y su hermano debían salir de escena durante un tiempo. El piloto había abierto el hocico y contado pelos y señales a la PF. La prisión de los dos podía ser decretada en cualquier momento. Miro pensó en Elaine y tembló. Abrió y cerró la mano derecha. Los dedos todavía le dolían. Dos días antes, Miro golpeó de tal forma a Abilio que lo mandó al hospital.

Miro había tenido problemas para volver de Paraguay. Cuando buscó a Lucas Cerqueira en el hotel, el joven de la recepción consiguió disimular y avisar a la policía. Miro necesitó inventar una historia para justificar su vínculo con el pistolero muerto. No sirvió de nada, no logró convencer a los policías paraguayos. Tuvo que accionar el primer escalón de sus contactos, mover sus influencias, como se dice, para que lo liberaran. Claro que estaba encabronado. Odiaba deber favores.

Regresó a Brasil sin entender muy bien lo que había pasado en el hotel. La única información que tenía era que Denis estaba con una prostituta. Quien piensa que a Miro le pasó por la cabeza que esa mujer era Elaine, se equivoca. Nunca se le ocurrió.

Pero eso fue lo que Abilio le dijo en cuanto se encontraron.

Y se llevó una golpiza.

Miro esperaba ansioso un telefonema de Albano, quería que él y Brito salieran de inmediato tras las huellas del piloto, antes de que se desvaneciera en el mundo. Abilio entró a su oficina.

El piloto se escapó. Y por si fuera poco, mató a Lucas Cerqueira, dijo Miro.

¿Denis? ¡No me digas!

A Miro le pareció ver el principio de una sonrisa en los labios de su hermano. Pero podía ser que se tratara de ese tic tan imbécil.

Explícame, Abilio: ¿cómo es que ese hijo de puta consiguió huir? Lucas me dijo por teléfono que lo tenía esposado.

Miro tenía una caja de bombones abierta frente a él, en la mesa. Abilio agarró uno. Lo desenvolvió y examinó el bombón antes de llevárselo a la boca. Miro vio que no se había equivocado: su hermano sonreía.

¿Denis estaba solo?

No. Parece que estaba con una ramera.

Abilio masticó el chocolate y tomó uno más. Miro tenía envidia de su hermano: el puto comía de todo sin subir de peso. Siempre estaba hecho un esqueleto.
Fue Elaine, dijo Abilio.
¿Qué pasa con Elaine?
Deja de hacerte el ciego, Miro: era Elaine la que estaba con Denis. Los dos tienen un romance.
Tenía sentido. Miro se quedó sentado, la mirada fija en la caja de bombones. Era una idea tan extravagante que tenía sentido. Observó al hermano: Abilio seguía masticando y ni siquiera así el tic lo dejaba en paz. Cuando pudo hablar, a Miro le espantó la calma que se escuchaba en su propia voz.
¿Desde cuándo?
Hace tiempo.
¿Y por qué no me contaste?
Yo no tengo nada que ver con eso, dijo Abilio.
¿Cómo que no, carajo?
La voz de Miro se elevó.
Tú siempre dejas a esa muchacha hacer lo que le da la gana. ¿Ya viste lo que eso provocó?
Eres un verdadero hijo de puta.
La voz de Miro se elevó todavía más y se puso de pie. Abilio sintió que una pequeña corriente de irritación lo recorría. No le gustaba que le gritaran, era una de las cosas que más detestaba. ¿La otra? Que le dijeran marica. Y fue exactamente lo que Miro hizo.
Marica de mierda.
Abilio nunca había tenido miedo de su hermano. Por lo menos hasta aquel día, cuando éste le dio una violenta bofetada.

Miro estaba fuera de sus casillas. Saltó encima de Abilio, arrastrando con él la silla y buena parte de las cosas que estaban sobre la mesa. Hizo un ruido estruendoso, que terminó por salvarle la vida a Abilio. Los dos empleados entraron a la sala en el instante en que Miro acertaba la tercera patada en el rostro de su hermano, patadas precedidas por dos derechazos, uno en el estómago, otro en la nariz. A los hombres les dio trabajo contener a Miro, y Abilio ya estaba desmayado. Sólo después de dominarlo, consiguieron colocar a Abilio en un auto y llevarlo a emergencias. En el camino, coincidieron en que eso, que era de esperarse, terminaría pasando entre los Menezes.

La declaración del piloto en la Policía Federal había durado diecisiete horas. Contó todo lo que recordaba: las rutas, las cantidades, los destinatarios de la droga. A los polis les encantó. La comisión permanente de diputados que investigaba al narcotráfico ya había anunciado que convocaría a Denis. Los Menezes eran el próximo blanco.

Miro se preguntaba, por enésima vez, cómo no se había dado cuenta de lo que ocurría entre Elaine y Denis. Amaba a su hija, pero ella había rebasado los límites al portarse como una prostituta. Tendría que ser duro. En ese momento, Albano abrió la puerta de la oficina y entró. Brito iba con él.

Miro ni siquiera permitió que se sentaran.

Ustedes dos salen hoy mismo para Brasilia, les dijo.

Y resumió en media docena de frases la situación: el piloto había denunciado casi todas las rutas, el esquema completo. Les había impedido operar. Peor: él y Abilio tendrían que desaparecer por un periodo. Miro anotó un número al reverso de la tarjeta y se la pasó a Albano.

Es el teléfono del sitio en el que voy a estar escondido. Llama para mantenerme informado. Y tengan mucho cuidado, recuerden lo que le pasó a Lucas.

Albano se guardó la tarjeta en el bolsillo y pensó en el pistolero. Se habían encontrado en tres o cuatro ocasiones, a lo mucho. La última vez, casi un año antes, a Albano le había tocado acompañarlo en un trabajo que se consideraba difícil. Sólo que, en el último minuto, Lucas rechazó su compañía. Era un hombre vanidoso. Dijo que confiaba lo suficiente en sí mismo para llevar a cabo cualquier trabajo a solas. Albano, claro, lo tomó mal. Pero no le hacía feliz saber que Lucas estaba muerto. Le parecía extraño. Como extraña le parecía la tranquilidad de Miro, considerando lo grave de la situación. Miro estaba triste, pensó Albano.

Una cosa muy importante: Elaine está con él. Quiero que ustedes me la traigan. Viva, ¿entendieron? Maten sólo al piloto.

Según Brito, era la primera vez que Miro dejaba de lado los eufemismos al hablar de un trabajo. Era evidente que estaba furioso.

Brito y Albano casi no se mostraban cerca de la hacienda. A pesar de eso, existía la posibilidad de que Elaine y Denis los reconocieran. Brito comentó la probabilidad.

Es un riesgo, aceptó Miro. Pero la sorpresa está a favor de ustedes. Nadie se imagina que trataremos de dar un golpe justo ahora.

Después de su declaración, Denis fue incluido en el programa de protección a testigos del gobierno. Él y Elaine, podían estar escondidos en cualquier punto del país, con nuevas identidades.

Miro se levantó, se subió la cintura de los pantalones y se acercó a los dos. Puso la mano en el hombro de Albano.

Trae a Elaine de vuelta, Albano. Por favor.

Fue el padre el que habló, consideró Brito, no el traficante. Él nunca había visto a Miro en ese estado. Parecía derrotado.

Cuando salieron, uno de los empleados avisó que Abilio quería hablar con ellos. Estaba en el hospital, les informó. Brito y Albano habían escuchado rumores sobre el pleito entre los Menezes. Sabían que había estado feo.

Pasaron por el hospital antes de embarcar para Brasilia. Llevaban dinero para comprar, a través de un contacto en el Ministerio de Justicia, información sobre el paradero de Denis y Elaine.

Abilio Menezes los esperaba con un brazo enyesado, hematomas y la mayor parte del rostro hinchado, además de un ojo inyectado de sangre. Eso y los riñones dañados. Hablaba con dificultad: los golpes de Miro le habían fracturado el maxilar y la nariz. Brito también notó que Abilio parecía extrañamente dócil. Tal vez fueran las medicinas que le estaban dando.

Albano y Brito se sentían más a gusto con Abilio que con Miro. Brito pensaba que Albano y Abilio se entendían muy bien.

Brito no tenía cómo saberlo, pero lo que existía entre los dos respondía al nombre de complicidad. Sin embargo, para comprender eso es necesario conocer algunos episodios fundamentales de la vida de Abilio. Dos de ellos, en especial.

En el primero de ellos, Abilio tendría unos quince años. Nicanor y Miro lo llevaron a la fuerza a un putero y lo humillaron. Lo obligaron a desnudarse delante de ellos y de una mujer: no consiguió que se le parara. Un horror. Querían curar al marica, decían.

El segundo episodio fue más grave. Abilio andaba con un mesero de un cabaret en Porto Velho. Una tarde, los dos dormitaban desnudos en el cuarto de la casa del mesero, cuando Nicanor y dos guaruras invadieron el lugar. Fue una salvajada: los golpearon brutalmente. El muchacho sufrió traumatismo craneano, quedó ciego de un ojo y perdió el habla. (Abilio sólo lo vio una vez más: el mesero mendigaba por las calles de Porto Velho, devastado. Nadie imaginaría que alguna vez fue un hombre guapo.)

A Abilio le quebraron las costillas y le dieron con ganas en la cabeza. Nicanor tenía la mano pesada y era tan alto como Miro.

El problema es que Abilio tenía 24 años en esa época. También Nicanor. Eran gemelos, pero era imposible pensar en dos personas más diferentes. En todo. Pero, principalmente, divergían en peso, tamaño y en la idea de cómo usar, y para qué, el ano.

Los tres Menezes ya en aquel tiempo, ganaban mucho gracias al contrabando y las drogas.

Fue después de la golpiza que el tic labial de Abilio apareció. Un recuerdo. O una alerta para que nunca se le olvidara que aquélla era una familia de machos.

Esa falta de vergüenza tenía que acabarse.

Era eso lo que Nicanor repetía mientras golpeaba y pateaba a su hermano.

Nicanor Menezes.

Un macho.

Su idea básica de un ajuste de cuentas incluía articulaciones desgarradas a la fuerza y, siempre que fuera posible, una sierra eléctrica.

Una madrugada, enojado hasta la madre con un tipo que se metió con su puta favorita, demolió un cabaret. Dado que nadie era tan fuerte como él, retó a tres paraguayos en un bar de Asunción, uno de ellos armado con un puñal. Derrotó a los tres usando sólo una mano.

Era fuerte como un caballo.

Si peleaba con su mujer, podían suceder cosas como ésta: Nicanor solía regresar a su casa a la primera luz del día, apestando a perfume barato; o pasaba la semana entera con los mismos calzones. Se le olvidaba cambiárselos. Era ese tipo de hombre.

El mérito de Nicanor: él había llevado adelante la transición de los negocios de la familia del contrabando a la droga y, poco después, a las armas. Era un hombre audaz, el líder de los hermanos, y odiaba a los homosexuales.

Un año antes de su muerte, un desconocido practicó el tiro al blanco contra los travestis que se reunían en una cuesta de Porto Velho. Muchos creyeron que podía tratarse de Nicanor.

Golpeaba a su mujer con frecuencia. Y no eran golpecitos, ella también era grande. Nicanor le pegaba con toda su fuerza. ¿Por qué ella no lo dejaba? ¿Por miedo?

Sólo existía una cosa por la cual él se derretía: por los niños. Y, qué ironía, no había conseguido tener hijos. Tenía problemas con los espermatozoides, los suyos eran de poca potencia. Cierta vez, un insensato hizo un chiste sobre el asunto, cerca de Nicanor. Se llevó un golpe tan violento que perdió el sentido.

Ésa era la gran diferencia de Nicanor Menezes por lo que se refiere a la vida.

Cuando las cosas iban bien, lo que era raro, su mujer le contaba de los avances en las técnicas de inseminación artificial, que la tele mostraba con frecuencia. ¿Cómo se le ocurrió pensar que Nicanor Menezes aceptaría una idea como ésa? Para él, hubiera sido igual a permitir que su mujer cogiera con otro. Desde el punto de vista que se examinara el asunto, la conclusión sería la misma, en opinión de Nicanor.

Él resolvía la mayor parte de sus asuntos a golpes. Le gustaba su fama de valiente.

¿Qué había ganado con todo eso? Nicanor estaba muerto, pensó Abilio, y él, vivo. De ahí venía su vínculo con Albano.

Abilio dejó pasar meses después de la golpiza. Tiempo después, nadie recordaba el incidente. O por lo menos, eso parecía. Él no se hablaba con Nicanor. Se dedicó a cultivar un odio oscuro y húmedo: pantanoso. Desarrolló una segunda piel hecha con ese odio. La piel de un animal ponzoñoso olvidada en la tina de una curtiduría. Nicanor y el tic que su hermano gemelo le había regalado.

Un día, lo buscó Albano, el pistolero que había entrado hacía menos de un año al grupo, y a quien le había prestado dinero en alguna ocasión, una miseria. No se le había ocurrido pedirle que le pagara. Albano ya lo había visto ligando hombres y hasta lo saludó. Y lo continuó tratando con el respeto que un empleado le debe al patrón.

Albano le avisó a Abilio que Nicanor le había encargado que lo matara. Había decidido acabar de una vez con lo que llamaba "la vergüenza de la familia Menezes". Albano le confesó incluso lo que iba a pagarle por el trabajo. Abilio decidió competir con la oferta del hermano. Albano pidió el triple, una suma considerable, explicando que él sólo era fiel al dinero. Abilio aceptó. Y los dos mataron a Nicanor Menezes. Más o menos así ocurrió.

Nicanor era un blanco fácil, un hombre de movimientos rutinarios. Creía que él era quien infundía miedo a las personas, no al contrario. Emboscarlo no costó trabajo.

Nicanor se había peleado con su mujer y planeaba dormir en la hacienda. Lo anunció durante el día, en una plática con Miro. Todos lo escucharon. Había bebido mucho y estaba embriagado cuando divisó a Albano parado al lado del auto, a la orilla del camino de terracería que llevaba a la hacienda. Era de madrugada. Nicanor se estacionó, con la intención de descubrir qué pasaba, pero no llegó a bajarse. No estaba en condiciones.

Abilio salió del auto y le pidió prestado el revólver a Albano. Entonces le dio tres tiros a su hermano. Dos en el pecho, uno en la cabeza. Albano recibió su dinero sin trabajar, sólo que la historia tuvo un desarrollo inesperado, que lo tuvo intranquilo.

O Abilio había sido muy incompetente o Nicanor era demasiado resistente o las dos cosas ocurrieron. El hecho es que, a pesar de haber sido baleado tres veces, Nicanor sobrevivió. Permaneció en coma casi una semana. Era fuerte como un caballo. Los médicos dijeron que si escapaba de ésa quedaría confinado a una silla de ruedas. Fueron días tensos, en los que Albano perdió peso y no pudo dormir. Llegó a preguntarle a Abilio qué harían si Nicanor llegaba a sobrevivir. Él respondió que lo matarían de nuevo.

Finalmente, Nicanor Menezes se despidió de este mundo.

Tipos como él, acostumbraba pensar Abilio, no hacían ninguna falta. Miro tomó todo tipo de precauciones durante un tiempo. Después, todo volvió a la normalidad. Nicanor Menezes tenía grupos de enemigos en siete u ocho estados del país, por no hablar de más allá de las fronteras.

Abilio gimió al moverse en la cama del hospital. Estaba orinando sangre. Si ya era un hombre que no decía mucho, ahora, con el maxilar en aquellas condiciones, fue más directo que nunca. Y cuando habló, miraba más a Albano que a Brito; quería que matara a Elaine.
Mata a los dos. Yo te pago otro tanto.
¿El triple?, preguntó Albano.
El triple, respondió Abilio.
Era su forma de vengarse de Miro, mientras reunía valor para ordenar que lo mataran.

17

El hombre con nariz de boxeador estacionó el Opala en un ángulo de cuarenta y cinco grados frente al club más elegante de la ciudad, un edificio de dos pisos, bien conservado, con balcones amplios y todas las luces encendidas, aunque, en aquel momento, estuviera desierto. Un anuncio con letras rojas chillonas aún invitaba a un *show* en beneficio de alguna causa, con una dupla de cantantes famosos, que había tenido lugar una semana antes. El hombre salió del auto, no se tomó la molestia de ponerle seguro y entró en el supermercado.

Albano se estacionó junto al Opala.

Mucha gente hacía sus compras a esa hora. Albano se detuvo delante de la sección de comida congelada y fingió que examinaba una de las marcas de lasaña expuestas, para poder observar al hombre, que estaba a menos de diez pasos, al final del corredor. Daba la impresión de ser tranquilo, casi bonachón. Visto de perfil, su mentón se proyectaba, prognato. Debía tener poco más de cuarenta años. Considerando su altura, estaba pasado de peso. Sus músculos estaban en decadencia, eran cada vez más flácidos. Pero era fuerte y tal vez todavía fuese rápido. La nariz chata indicaba que había tomado en serio el box en algún momento de su vida.

Entre él y Albano, dos mujeres conversaban animadamente, apoyadas en carritos casi llenos. Una de ellas se quejaba del precio de un jabón en polvo. Tocaron el brazo de Albano. Él se volvió de inmediato. Una muchacha uniformada le preguntó si le gustaría probar un nuevo tipo de margarina. Albano dijo que sí y esperó a que ella untase el panecito, se obligó a ofrecerle una sonrisa. Todavía no se recuperaba del susto. Odiaba que lo sorprendieran.

Albano masticó e hizo cara de que no le gustaba el producto. La joven lo miró aprensiva. Él sonrió y le pidió otro panecito. Bromeaba, probando su capacidad de simulación. Se había puesto tenso.

La joven le entregó el panecito tostado, Albano le dio las gracias y se apartó. La verdad, no había identificado ninguna diferencia entre la nueva margarina y las que ya conocía.

(Y la joven, con excepción de Odete y Rosamaría, fue la mujer que mejor pudo observar su rostro. Pero la policía nunca supo de ella.)

Albano reparó en que el hombre había desaparecido de su campo de visión. Pero no tuvo dificultad para localizarlo de nuevo, ahora en la sección de carnes frías. La noche bochornosa volvía inútil el saco que el hombre usaba para disimular el arma. Albano, por cierto, no podía quejarse al respecto: también usaba un saco holgado y mantenía su gorra encasquetada en la cabeza.

El hombre visitó otros pasillos y después se formó en una de las filas para pagar. Albano salió por un costado y se recargó en la puerta del supermercado. Esperó.

Brito había escogido un puesto de observación estratégico, a poca distancia de los autos, de donde podía controlar la entrada del supermercado sin que lo notaran. Vio a Albano jugando con el encendedor.

A Albano le había fascinado la noticia del grupo de adolescentes que quemó a un indio vivo en Brasilia. Los dos habían pasado por la ciudad casi un mes después y la noticia todavía estaba en la boca de todos. Albano comentó que en cualquier momento le iba a prender fuego a alguien, sólo esperaba la oportunidad.

Estaban en el restaurante de un hotel, en compañía del abogado de Miro, a la espera del contacto del Ministerio. El abogado se rio con su comentario y dijo que Albano debió morir en la hoguera en una reencarnación pasada.

A Brito le disgustaba el grupo de encorbatados que comía en las mesas a su alrededor, pero le encantaba Brasilia. En su opinión, la ciudad existía sin tomar en cuenta a las personas. Una ciudad donde la presencia humana parecía algo provisional.

El contacto del abogado se reunió con ellos en la mesa. Era un tipo nervioso y su piel pálida desentonaba con el color de su cabello y su bigote: se los pintaba. Todo el tiempo miró hacia todos lados y saludó, con visible desagrado, a varios hombres que almorzaban en el restaurante. A Brito le dio la impresión de que en ese lugar todos se conocían.

El mesero vino a la mesa y el hombre le informó que sólo quería una ensalada. Después, se volteó hacia el abogado y le preguntó por el dinero. Albano señaló el portafolios que descansaba sobre una silla.

El hombre evitaba mirar el rostro de Albano y Brito. Tal vez para evitar que registraran sus facciones con precisión. Una maniobra inútil: ambos eran buenos fisonomistas. Brito, en especial: sólo necesitaba ver a cualquier persona una sola vez para grabarse sus rasgos: tenía un verdadero don. En el caso de aquel hombre, con los cabellos y el bigote teñidos con ese color tan antagónico al de la piel, no tendría que esforzarse.

El hombre escribió algo en una servilleta; se la entregó al abogado, que se la pasó a Albano. Él leyó y preguntó.

¿Dónde queda eso?

El hombre respondió mirando al abogado.

En el interior de São Paulo.

Cuando llegaron los platos, el hombre apenas tocó su ensalada. No tardó mucho en levantarse, tomar el portafolios y salir del restaurante, después de darle la mano sólo al abogado. Albano pensó que debía acordarse de él cuando sintiese el impulso de incendiar a alguien.

Los tres pidieron café. El abogado miró a Albano y a Brito.

Ahora les toca a ustedes. Si el piloto ofrece su testimonio, todo el mundo se va al carajo.

Ese día, por la mañana, habían ordenado la prisión preventiva de Miro y de Abilio. Ambos estaban prófugos —Abilio había sido sustraído a toda prisa del hospital. Albano le sopló al café, bebió y sonrió.
No conseguirá rendir su testimonio.

Brito vio que el hombre con nariz de boxeador salía del supermercado, cargando varias bolsas, y que Albano lo seguía de cerca. Se preparó para el abordaje. El hombre abrió la puerta trasera del Opala y puso las bolsas en el asiento. Fue en ese instante que notó a Albano, que se acercaba entre dos autos. Por instinto, trató de alcanzar el arma que ocultaba bajo el saco, mas desistió al sentir el cañón del revólver de Brito en su espalda. Albano lo esposó y le quitó el celular y la automática que cargaba en la sobaquera bajo la axila izquierda, mientras Brito vigilaba la calle con atención. Todo estaba bajo control, el movimiento de personas se concentraba en otra sección del estacionamiento.

Si intentas cualquier cosa, te mueres aquí mismo, dijo Albano.

Al hombre lo pusieron en el asiento delantero del Opala. Brito tomó el volante y salió a la avenida a toda velocidad. Por el retrovisor, vio que Albano lo escoltaba a poca distancia. Se dirigían a la salida de la ciudad, rumbo a la autopista.

Albano soltó una maldición cuando un Volkswagen azul cruzó la avenida frente al Opala, obligando a Brito a frenar para evitar el choque, lo que arrancó un prolongado rechinido de llantas. Él sabía que aquél era el momento crítico de la acción. Necesitaban ser rápidos. Cualquier contratiempo podría arruinar su plan.

Brito también soltó una grosería cuando, de repente, el Volkswagen azul cruzó la avenida, obligándolo a frenar para evitar la colisión. Sin las manos para apoyarse, el hombre fue lanzado hacia el frente y se golpeó la cabeza con el parabrisas. Brito notó que el ruido del frenado atrajo la atención de los clientes de un bar. El conductor del Volkswagen sacó el brazo por la ventanilla y le gritó, agitando el puño cerrado, antes de alejarse en dirección contraria. Brito ayudó al hombre a sentarse, y aceleró.

Rodaron algún tiempo por la autopista. Albano sólo se sintió tranquilo cuando vio parpadear la luz de la flecha del Opala, indicando que Brito giraría a la derecha.

A pesar de transitar por un camino de tierra estrecho y ruidoso, Brito no bajó la velocidad. El hombre esposado no conseguía mantenerse en el asiento. Por fin, curvó su cuerpo, recargándose en la puerta, y se quedó en esa posición hasta que el Opala paró. Lo curioso era que no parecía ni un poco asustado.

Albano se estacionó atrás del Opala y dejó los faros encendidos, de modo que iluminaran a Brito y le permitieran ayudar al hombre a salir del auto.

¿Qué es lo que quieren?

Háblame del tipo, dijo Albano. ¿Está armado?

¿Qué tipo?

El piloto.

¿Qué piloto?

El empujón de Albano fue tan brusco que aventó al hombre de espaldas al suelo. Una expresión de dolor aguda surgió en su rostro. El camino era pedregoso.

No estoy bromeando, dijo Albano. Cuando te pregunte algo, responde. ¿Entendiste?

Brito se agachó y sacó la cartera del saco del hombre. El documento informaba que su nombre era Horacio y formaba parte de la Policía Federal de Goiania.

¿Qué arma tiene el piloto?

Una 7.65, respondió el hombre. Su voz delataba que sentía mucho dolor. Levántame, carajo.

Brito se acercó a ayudarlo, pero Albano lo detuvo.

¿Tienes alguna contraseña para entrar a la casa?

El hombre dijo que no, moviendo la cabeza.

La joven, ¿también está armada?

No hay ninguna joven en la casa.

¿Cómo que no? ¿Y la novia del piloto?

Él está solo.

Albano reflexionó por un segundo. Luego, sonrió.

No das el brazo a torcer, ¿eh? Échame una manita, Chico.

Los dos levantaron al hombre y lo metieron a la cajuela. Horacio miró a Albano.

¿Me van a dejar aquí?

Albano se dio la vuelta sin responder.

En algún momento nos vamos a encontrar de nuevo, le dijo a Brito.

Es posible.

Brito cerró la puerta de la cajuela y antes de reunirse con Albano en el otro auto, agarró el control automático y arrojó el llavero del Opala entre las matas. Era una noche sin luna. La luz de una casa solitaria brillaba en medio del descampado, a buena distancia de donde estaban.

Albano tuvo problemas para maniobrar el auto por lo estrecho del camino. Brito miró el Opala por última vez.

Se van a tardar en encontrar al tipo, comentó.

Albano salió derrapando las llantas en las piedras.

Tiene suerte de ser un federal. Si no lo fuera, le habría prendido fuego al auto con él dentro.

Al principio, Brito frecuentó los centros nocturnos de Néstor Pestana y alrededores; no muy lejos de cierta casa de dos pisos, antigua y discreta; ostentaba apenas una pequeña luz roja y un tipo chaparro y de saco, que vigilaba el lugar, daban pistas de que se trataba de una casa de citas. Casa da Bruna.

Él pasaba casi todas las noches por esa calle, manejando lentamente en primera. Nunca se detuvo. Aún no estaba tan desesperado.

Soraya era una india del interior de Pará, de una ciudad que Brito y Albano habían visitado por cuestiones de trabajo; Nice, una rubia con mal aliento, que quiso amarrarlo a la cama (pero él no aceptó); Vivian, una japonesa flaquita, con la que Brito repitió tres veces —su forma espigada le recordaba un poco a Marlene.

Siempre en hoteles y moteles baratos. Nunca llevó a ninguna de ellas a su departamento. Era territorio sagrado.

Fue entonces cuando encontró a la locochona. Hacía más de un mes que Marlene se había ido. La locochona se llamaba Berenice. Bere. Le encantaba mezclar bebida y pastillas. Brito la vio por primera vez en el centro nocturno de un hotel de primera. Él estaba acompañando a un pariente de los Menezes, que visitaba São Paulo y no conocía bien la ciudad. El hombre bebía whisky en una de las mesas, en compañía de una pareja. Hablaban de negocios y, para dejarlos a gusto, Brito se recargó en un pilar y se puso a observar a los jóvenes que se divertían en la pista de baile. Gente joven y bonita. Fue cuando reparó en la muchacha que bailaba cerca del bar.

Berenice usaba un vestido ajustado y algún tipo de aditivo que no era vendido en aquel lugar. Al menos no abiertamente. Tenía los ojos vidriosos de quien estaba sólo presente con el cuerpo. Aun así, sonrió al percibir que era observada.

Era una de las mujeres más bonitas que Brito había visto en su vida. Después de que el pariente de los Menezes se recogiera en su cuarto, regresó al centro nocturno y la abordó.

Ella trabajaba en cuestiones de moda, aunque Brito nunca había terminado de entender lo que eso significaba. ¿Por qué la llevó a su departamento? Sencillo: a Berenice no le gustó la idea de ir a un hotel o motel. No era ese tipo de mujer. Brito estaba loco por cogérsela y se vio obligado a ceder.

Los dos se entendieron bien, tanto en la cama como fuera de ella. Y comenzaron a andar juntos. Sobria, Berenice era una mujer inteligente y divertida. Había viajado por diferentes países, era culta y sabía contar historias muy divertidas. Su imitación de las viejas señoras de sociedad –que ella, de familia tradicional, conocía bien– no tenía precio. Bere amaba salir de noche, y siempre arrastraba a Brito con ella. Tal vez eso era lo que él necesitaba para dejar de soñar con Marlene.

El problema eran las malditas pastillas. Berenice se volvía loca. Le servían bien para el sexo, la volvía fogosa de una manera que Brito nunca había visto en otra mujer, pero ahí terminaban sus ventajas. Llegaron a conversar sobre el asunto y Bere acabó por convencerlo de tomar una o dos pastillas. Fue una locura. Él nunca había tomado drogas antes y se la pasó alucinando durante casi doce horas. Al volver en sí, constató horrorizado que recordaba muy poco lo que había sucedido en ese lapso. No tenía manera de descubrir qué había provocado las manchas moradas que se extendían sobre su cuerpo y por qué sentía tanto dolor en el falo. A Bere esto le parecía de lo más divertido; Brito consideró que no deseaba repetir esa experiencia jamás en su vida.

Poco a poco, Berenice se instaló en el departamento. Él se dio cuenta de lo que estaba pasando, pero no hizo nada al respecto. Ella le gustaba, o al menos pensó que le gustaba. No de la forma en que le había gustado, –¿había gustado?–, Marlene. Menos, por supuesto.

Brito tenía la esperanza de que la cosa aumentaría de intensidad con el tiempo; era sólo cuestión de sacar las drogas de la escena.

Berenice daba fiestas con frecuencia e invitaba a amigos a cenar. En general eran personas buena onda, muy alegres, cuya noción del futuro no iba mucho más allá de agendar sus compromisos todas las noches de esa semana. Brito y Marlene nunca recibían a nadie en el departamento y él comenzó a pensar si ese aislamiento no contribuyó a que terminara su romance.

Los invitados de Bere lo divertían. Eran todos mucho más jóvenes que él, muy ricos, pero lo trataban de igual a igual, y a Brito eso le gustaba. Una vez, en una fiesta, un barbudo lleno de aretes y anillos le preguntó cómo se ganaba la vida.

Mato gente.

No sabía bien por qué había dicho eso, tal vez para apreciar la reacción del tipo. El barbudo consideró la información durante menos de medio segundo. Y desde entonces lo llamó "matón".

Había gente chiflada.

Una vez, llegaban de una fiesta cuando ya era de día, y Brito y Bere se cruzaron en el elevador con la vieja del departamento vecino y su hijo. Todo el tiempo la vieja insistió en llamar a Berenice por el nombre de Marlene, mientras el joven mantenía la misma expresión en el rostro. Brito reparó cómo la saliva se le acumulaba en las comisuras de los labios y que no quitaba la vista del escote de Berenice.

Y había gente muy chiflada.

Otra vez Brito viajó durante una semana por diversas ciudades del Mato Grosso, como guardaespaldas de Miro Menezes. Al regresar a São Paulo, no encontró a Bere en el departamento y ella tardó tres días más en aparecer. Estaba tan drogada que él desistió de pedir explicaciones.

Un día llegó del cine y encontró a Berenice drogándose en compañía de tres amigos, Brito se convenció de que necesitaba tomar precauciones.

La magia no había ocurrido: había vuelto a soñar con Marlene. Despertaba perturbado, luego de soñar la misma escena de siempre: los dos se encontraban en un lugar amenazador y ella le pedía que la llevara de vuelta a casa.

Bere dijo que necesitaba de un tiempo para rentar un departamento y mudarse, y a Brito le pareció bien.

Sólo que ese tiempo se extendió demasiado.

A veces, incluso volvieron a tener sexo. Bere, igual de arrebatada; Brito, siempre con condón.

Al final llegó la hora en que él se cansó de ella.

Estaban discutiendo cuánto tardaba Bere para dejar el departamento cuando ella le preguntó:

¿Quién es esa Marlene?

Brito siempre había evitado hablar del pasado, y creyó que la pregunta estaba ligada al encuentro que tuvieron con la vecina y su hijo en el elevador; maldijo a la vieja como de costumbre. Pero descubrió que estaba equivocado.

Hablas dormido, amigo. Una vez, me llamaste por su nombre cuando estábamos cogiendo.

Al día siguiente, Brito pagó un mes de renta adelantado en un hotel de apartamentos y prácticamente colocó a Berenice fuera de su departamento. Nunca más volvieron a verse.

Entonces Brito se sumió en la desesperación. Permaneció días tirado en el sofá, delante de la tele encendida, y sólo se levantaba para comer o ir al baño. Dejó de rasurarse y de bañarse. La sala del departamento apestaba.

Brito perdió la noción del tiempo: dormía de forma irregular; nunca más de un par de horas, durante periodos irregulares del día o de la noche. Esperaba a que el teléfono sonara, pero nunca sonó. Ni los Menezes llamaron. Brito creía que iba a enloquecer.

Cuando se le acabaron los alimentos, comenzó a salir para comprar comida y el escenario caótico de la sala se reforzó con platos de aluminio sucios y botellas vacías.

A veces, el portero le pedía a Brito que bajara para recoger la correspondencia. Toda era para Marlene, ninguna para él. Durante toda su vida, Brito no recibió más de media docena de cartas, incluyendo los folletos con promociones de tiendas.

Era un hombre al borde del abismo, esperando que sonara el teléfono.

Hasta el día en que llegó a su límite.

Ese día, comenzó a prepararse desde temprano: se dio un largo baño, se rasuró, se cambió de ropa. Pasó la mañana entera limpiando el departamento.

Por la tarde salió a comer y entró en un cine de Ipiranga para ver un programa doble, una película después de otra, sin sintonizar la atención en la trama de ninguna de ellas. Estaba demasiado ansioso.

Cuando oscureció, Brito sólo perdió tiempo considerando una cuestión: ¿llevaría o no el revólver? Resolvió que iría desarmado.

Había muchos hombres en la casa, un gran movimiento. Brito se recargó en la barra y pidió un whisky. Y esperó.

Las mujeres lo miraban y sonreían, pero ninguna lo abordó. Eran las reglas de la casa.

Al pedir el segundo whisky, le dijo al barman que quería hablar con Bruna. El hombre le pasó el recado a uno de los meseros y Brito no despegó los ojos de la escalera. Pero quien bajó por ellas no fue Marlene, sino un tipo delgado, de corbata de moño, al que Brito conocía como Eliseo. El gerente del lugar.

Doña Bruna no va a bajar. Pidió que usted se retire de la casa.

Brito sostuvo la mirada del hombre. Sus ojeras eran tan nítidas que daban la impresión de estar maquillado.

No voy a irme de aquí mientras no hable con ella.

Eliseo hizo una cara de molestia y se rascó el cuello. Un código, supo Brito, pues dos grandulones se le acercaron y lo rodearon de inmediato.

Usted no va a crearnos problemas, ¿no?, preguntó Eliseo.

Brito miró el rostro de uno de los guardias. Se notaba que pedía a gritos entrar en acción.

No estoy aquí para crear problemas. Sólo quiero hablar con ella.

Ella ordenó decirle que no va a hablar con usted. No va a ganar nada insistiendo. Es mejor que se vaya.

Y voy a esperar aquí hasta que ella cambie de idea.

Eliseo suspiró. Acorralado por el trío, Brito giró el cuerpo, para apoyarse en la barra. Con el canto de los ojos controlaba los movimientos del barman a sus espaldas. Lamentó haber ido sin su arma. Fue una equivocación no llevarla.

Sabía que sólo tendría oportunidad de acertar a uno de ellos, y escogió al que parecía más fuerte. Los hombres y mujeres continuaban conversando y riendo en voz alta, sin darse cuenta de lo que pasaba. Los grandulones prepararon el abordaje, en espera de la señal de Eliseo.

Fue en ese instante que Brito escuchó una voz que conocía muy bien y de la cual lo habían privado en los últimos meses.

Está bien, Eliseo. Voy a hablar con él.

Brito se volvió. Marlene bajaba los últimos escalones, deslizando una de las manos por el barandal. Traía puesto un vestido verde claro, de tela fina y brillante, y parecía flotar como la primera vez que Brito la vio. Traía el cabello más corto. Seguía linda, pero había una especie de tristeza en su rostro. Él consideró que eso era una buena señal.

Los dos guardias se alejaron un poco, pero permanecieron atentos a la escena. Marlene se cruzó de brazos.

¿Qué buscas aquí, Brito?

Quiero hablar contigo.

No tenemos nada de que hablar.

Brito vio sus pezones despuntando en la tela del vestido. La voz de Marlene sonaba diferente: más áspera.

Quiero que regreses, le dijo, mirándola a los ojos.

Marlene le sostuvo la mirada.

No voy a regresar, Brito. ¿No está claro? Se acabó.

Él volteó a ver a los hombres y a las mujeres del salón. El ambiente olía a una mezcla de perfume y cigarro, que no llegaba a ser desagradable. En el futuro, cada vez que sintiera un olor semejante, recordaría ese momento.

Un cliente se recargó en la barra, pidió una bebida y se le quedó mirando a Marlene, con cara de que intentaba adivinar cuánto cobraría ella por el servicio. El estómago volvió a dolerle.

¿Estás con otro?

Marlene se rio. Una risa breve, que desapareció de golpe de sus labios.

Realmente no entiendes nada, dijo. Te voy a pedir un favor: no vuelvas más por aquí.

Entonces Marlene le dio la espalda y subió la escalera. Fue la última vez que Brito la vio.

Camino a su departamento, compró un litro de whisky corriente en un bar y se bebió la mitad de la botella antes de perder el sentido en el sofá. Lo despertó el teléfono: amanecía.

Le dolía la cabeza como si la hubieran usado para martillar algo. Se tardó en entender que era Albano el que hablaba. La orden era que tomara un avión ese mismo día; Albano iría por él al aeropuerto de Río Branco. Tenían un encuentro con un sindicalista llamado Josué en algún lugar del interior de Acre. Un tipo que no conocían, por el que no sentían rabia. Pero al que iban a matar.

18

El piloto usaba el nombre de Jair Anselmo Ramos, tal como decía su tarjeta de presentación. Pero no se sentía otra persona.

De vez en cuando sentía miedo. Pero sólo de vez en cuando. La mayor parte del tiempo estaba tranquilo.

¿Cómo podrían encontrarlo en el culo del mundo?

El piloto no pensaba mucho en los hermanos Menezes. Los dos estarían presos en cualquier momento, o al menos eso era lo que él creía.

El piloto sufría con dos cosas en aquel momento.

Una era la rara enfermedad que había aparecido en su mano izquierda, que había hecho aparecer manchas blancuzcas en su piel. Esa cosa seguía aumentando y no había medicamento que lo ayudara. Seguro se había contaminado con alguno de los pesticidas que rociaba todos los días desde el avión. Tal vez debería ir a São Paulo a consultar a un especialista. Lo cual sería tan complicado como participar en una operación de guerra.

Vio las parpadeantes luces de colores de la feria a través del vidrio de la ventana, escuchó una voz aflautada gritando un *jingle* por el altavoz. Una feria de quinta en una ciudad de quinta. El piloto vivía allí con su monomotor amarillo, rociando las plantaciones de la región, aunque no necesitaba dinero.

Estaba hasta el carajo, ésa era la única verdad.

Le caía bien el agente Horacio, un hombre educado, dócil, calladón, buena compañía. Se llevaban bien.

El problema era Elaine: la segunda cosa que hacía sufrir al piloto.

Tan pronto como se instalaron en la casa, ella comenzó a discutir por la presencia del agente. Decía que no estaba a gusto, que Horacio siempre estaba demasiado cerca. No tenía un momento de privacidad ni para ir al baño.

Es su trabajo, es nuestro guardaespaldas, le dijo el piloto.

¿Y cuando el bebé nazca?

Elaine estaba en el cuarto mes de embarazo. Había engordado un poco, la panza ya se le notaba; y siempre estaba nerviosa, casi histérica.

Un detalle: continuaba inhalando mucha coca.

El piloto lo sabía.

También sabía que Horacio sería sustituido en algún momento por otro agente, y que después vendría otro más, hasta el día en que él dejara de ser un testigo importante. A partir de entonces él y Elaine tendrían que arreglárselas por sí solos. Tendrían que contratar un guardia privado.

No voy a quedarme metida en este agujero el resto de mi vida, dijo Elaine.

Estaban en el cuarto, con la puerta cerrada. El agente Horacio veía un programa de comentarios sobre futbol en la sala. Denis se talló con la uña una pequeña mancha blanca que le había salido en la mano izquierda esa mañana. No se la dejaba de rascar con fuerza. Algún día todo esto cambiará. Pero no por el momento.

Elaine se puso la camisola y se acostó en la cama, dándole la espalda al piloto. El clima entre los dos era tenso, hacía mucho que no tenían sexo. Denis trató de imaginar alguna cosa divertida que despertara otra vez el interés de Elaine. Pero ¿qué podría inventar en un lugar como ése?

El piloto abordó las consecuencias de ingerir cocaína durante el embarazo, alegó que estaba preocupado por la salud de su hijo.

No piensas vigilarme, ¿verdad?

Denis insistió, dijo que si ella dejaba de consumir, él también lo haría. Elaine lo mandó al carajo y apagó la luz de su lámpara. A partir del día siguiente, los dos se dejaron de hablar.

Eso duró casi una semana.

Una escena común en esos días: el piloto llegaba a casa y encontraba a Elaine desparramada en el sofá, abarrotándose de galletas y dulces, con una expresión de seriedad en la cara. No respondía a sus saludos.

Denis lo intentaba: iba a la cocina y le preparaba sus platos preferidos. No había manera: Elaine lucía exhausta.

Cuando estaban en la sala en compañía de Horacio, la única salida consistía en subir el volumen de la tele para que el silencio no se volviera demasiado incómodo. El piloto pensaba que, al final, el que se sentía más fuera de lugar acababa siendo el agente. Pero a Horacio no le importaba; conocía el esquema, ya había trabajado con otra pareja en circunstancias parecidas. Sabía que no debía entrometerse, y listo.

Sólo que llegó el día en que Denis no encontró a Elaine al llegar a casa. Ella se había ido.

Horacio estaba aterrorizado, llamó a sus superiores a Brasilia pues no sabía cómo actuar. El piloto lo tranquilizó: Elaine no corría riesgos, su papá no haría nada contra ella. El agente seguía preocupado.

Debemos salir de aquí.

¿Por qué?

Ella puede revelar el escondrijo.

Elaine no haría eso.

Muchacho, ella está encabronada, y es capaz de hacer cualquier cosa.

De eso, pasaron cinco días. El piloto calculaba que Elaine estaría en Río, fuera de peligro. En el fondo, él apostaba a que ella terminaría regresando, era cuestión de tiempo. El problema es que iban a cambiarlo a otro escondite –y los dos perderían contacto.

Denis se rascó la mano y notó que las manchas blanquecinas se propagaban por el puño, rumbo al antebrazo. En ese momento, se escuchó el ruido del mecanismo del garaje.

El garaje sorprendió a Albano: era más amplio de lo que había imaginado. Se estacionó junto a un Maverick carcomido por la herrumbre. Tenía un dedo de ese polvo fino y rojo acumulado sobre el cofre. Brito pasó un pie por la mancha de aceite en el piso: otro auto, más pequeño, había estado allí estacionado, no hace mucho tiempo.

Los dos miraron la escalera que llevaba al interior de la casa. Albano se persignó. Brito comenzó a subir, manteniendo el revólver apuntado hacia el frente.

La escalera terminaba en una puerta que, al abrirse, daba a una cocina espaciosa e impecablemente limpia.

Albano le hizo una señal a Brito, y le mostró el corredor que llevaba a la sala. El volumen de la televisión estaba alto, se oían voces en inglés. El piloto veía una película.

Siguieron por el corredor, lado a lado, las armas apuntando al frente.

Albano fue el primero en ver al piloto. Denis no conseguía concentrarse en la película. Pensaba en Elaine y estaba tan absorto que se tardó un poco en entender lo que estaba pasando; cuando quiso levantarse del sofá, no tuvo tiempo.

Brito entró disparando a la sala.

19

Hacía tres días que llovía sin parar. El camino de tierra era un peligro, liso como jabón. Un descuido y el auto se deslizaría a la izquierda, e iría a parar a un barranco, o, peor aún, a la derecha, donde se abría un precipicio cubierto de alta vegetación.

Con un poco de buena voluntad, cualquiera estaría de acuerdo en que una de aquellas montañas, vistas a distancia, poseía la forma de un rostro. Que recordaba un perfil.

Tres kilómetros atrás, había visto a un grupo de hombres tratando de desatascar un camión con la ayuda de un pequeño tractor agrícola. Dos muchachitos acuclillados sobre un barranco observaban el trabajo con cara de tedio. Al fondo, después de una reja precaria, carneros enormes pastaban en la lluvia.

Más al frente, vio varias chozas apiladas al borde del camino. Hombres de origen indígena vendían de todo, desde piedras sin valor hasta yerbas medicinales y gallinas vivas. Eran los restos de dos grandes tribus que habitaban la región. Se decía que un conquistador había pasado por ahí expulsando a la indiada a punta de disparos.

La luz declinó. La noche había comenzado más temprano por culpa de la lluvia. En el poblado, el hombre resguardado en la parada de autobuses tuvo que explicarle dos veces cómo llegar a la hacienda. Todavía era joven, pero parecía un viejo. Su piel estaba arruinada por el sol.

Condujo lentamente por las calles sin asfaltar. Puercos y gallinas circulaban cerca de las casas. Niños que salían de la escuela se atravesaron a su paso. Andaban de brazos cruzados, encogidos de frío. Todos estaban descalzos.

El camino empeoró bastante después del poblado. A pesar de haber encendido los faroles, ella no conseguía ver los hoyos a tiempo, y el auto seguía en un continuo traqueteo: un peligro para el bebé.

Elaine exploró esa ruta trepidante durante un buen rato antes de llegar a la hacienda y detenerse delante de la portería. Antes de abrir, un hombre con sombrero y un impermeable oscuro se acercó para mirarla de cerca. Ella lo reconoció: era un viejo empleado de la familia. El impermeable le servía para ocultar la semiautomática.

El piloto tenía razón cuando pensó que Elaine terminaría por volver a la casa. Ella regresó —y estuvo muy cerca de toparse con el asesino dentro de casa (nunca supo que eran dos). La certeza de que algo malo había pasado le vino tan pronto bajó del auto y vio el portón del garaje abierto. El cuerpo de Denis aún no se había enfriado por completo.

El piloto había muerto en una posición extraña. Se había resbalado del sofá hacia el piso y parecía estar sentado, con la espalda apoyada y una de las piernas encogida. Su boca y sus ojos estaban abiertos. Le habían dado cinco tiros, dos en la cabeza. Uno de los tiros le había arrancado parte del pulgar de la mano izquierda, la mano de la enfermedad blancuzca.

Elaine estacionó el auto cerca del patio, a pocos metros de la casa. Él estaba en la baranda, acostado en una hamaca que casi tocaba el piso. No se veía ni triste ni alegre. Sólo gordo: era Miro.

No le costó ningún trabajo que su madre le diera el paradero de su padre.

Antes de bajar del auto, Elaine se preguntó qué sorprendería más a su padre: su barriga o la 7.65 del piloto, que ella estaba sacando de su bolso.

CONTENIDO

7 Capítulo 1

15 Capítulo 2

27 Capítulo 3

33 Capítulo 4

41 Capítulo 5

51 Capítulo 6

59 Capítulo 7

69 Capítulo 8

75 Capítulo 9

81 Capítulo 10

87 Capítulo 11

95 Capítulo 12

107 Capítulo 13

117 Capítulo 14

127 Capítulo 15

141 Capítulo 16

153 Capítulo 17

171 Capítulo 18

177 Capítulo 19

Esta obra se imprimió y encuadernó
en el mes de enero de 2016,
en los talleres de Edamsa Impresiones, S.A. de C.V.,
Av. Hidalgo No. 111, Col. Fraccionamiento
San Nicolás Tolentino, Delegación Iztapalapa
México, D.F., C.P. 09850